DU MÊME AUTEUR

Aux Éditions Gallimard

LE TOUCHER DES PHILOSOPHES. SARTRE, NIETZSCHE ET BARTHES AU PIANO, Gallimard, 2008 (Folio Essais n° 589).

LES AIRS DE FAMILLE. UNE PHILOSOPHIE DES AFFINITÉS, Gallimard, 2012.

UN TOUT AUTRE SARTRE, Gallimard, 2020.

Chez d'autres éditeurs

L'ÉTRANGER DANS LA MONDIALITÉ (dir.), P.U.F., 2002.

POUR EN FINIR AVEC LA GÉNÉALOGIE, Léo Scheer, 2004.

POLITIQUE ET FILIATION (avec R. Harvey et E. A. Kaplan), Kimé, 2004.

HORS DE MOI, Léo Scheer, 2006.

TOMBEAUX, Cécile Defaut, 2012.

LE GÉNIE DU MENSONGE, Max Milo, 2015, Pocket, 2017.

ÉDOUARD GLISSANT. L'IDENTITÉ GÉNÉREUSE, Flammarion, 2018.

SOUNDINGS AND SOUNDSCAPES (avec S. Kay), Edinburgh University Press, 2018.

PENSER AVEC LES OREILLES, Max Milo, 2019.

LES ENFANTS DE CADILLAC

FRANÇOIS NOUDELMANN

LES ENFANTS DE CADILLAC

roman

nrf

GALLIMARD

à C. L.

I

La recherche des ancêtres m'a toujours paru assommante, et même douteuse. Quelle mouche pique ces gens qui partent en quête des générations anciennes et les vampirisent en se construisant d'augustes histoires ? Il ne me viendrait pas à l'idée de faire un test ADN, de farfouiller dans les archives, ni de partir sur les traces d'inconnus pour m'attendrir sur des momies d'un autre temps. Toutefois, en finir avec la généalogie ne se décide pas d'un claquement de doigts. Pourquoi me soucier à présent de mon grand-père Chaïm ? Non pas en raison du lien de sang, mais parce que je lui dois mon nom et ma nationalité française. Étrangement, c'est après avoir quitté la France que je me suis mis à penser à lui, à l'imaginer, alors que rien ne m'avait attiré jusqu'alors, faute de documents et d'empathie. L'occasion est survenue grâce à l'invitation de psychanalystes qui tenaient leur séminaire à Paris, au centre hospitalier Sainte-Anne et voulaient parler de philosophie et d'écoute. Je découvris les allées et les jardins que j'avais toujours ignorés, calmes et majestueux, où l'on aurait volontiers passé des après-midi à lire sous quelque tilleul ou châtaignier. La mémoire carcérale des pavillons s'était effacée, laissant place à la libre circulation et à la bienveillance des soignants et des analysants. Ce soir-là, l'hôte prononça plusieurs fois mon nom et je l'entendis sonner avec distance, comme si c'était celui de mon grand-père plus que le mien. Dans une salle proche de l'amphithéâtre où je parlais, on avait sans doute crié ce nom autrefois pour appeler l'homme perdu, incurable et assigné à cette résidence. Pour la première fois je me risquai à demander si l'hôpital avait conservé des archives de ses patients et, comme si la formulation avait déclenché une envie de savoir plus qu'elle ne l'avait exprimée, son personnage commença à m'intriguer. Par malchance, l'établissement n'avait pas gardé les dossiers anciens, me répondit une psychiatre, cheffe du service. Décidément, rien ne m'engageait à une recherche sur ma filiation, quand bien même je l'aurais souhaitée.

À Sainte-Anne, en écoutant résonner dans mon nom celui de cet aliéné qui avait tant désiré devenir français, je me suis rapproché d'un point d'origine qui conjuguait la francité et la folie. Parmi les soldats de 14-18, Chaïm n'était pas un mort pour la France, mais un « fou pour la France ». Il lui avait sacrifié sa raison, amoureux du pays, d'une certaine façon, jusqu'à la démence. Français parce que soldat, naturalisé en 1927, et Français enfermé dans un asile jusqu'à la fin de ses jours, en 1941. Devoir la nationalité à cet homme, à sa déraison me suggérait, malgré l'absence de lien affectif et matériel, qu'il me léguait quelque chose comme un héritage. Et je me demandais soudain si je l'avais trahi en partant de son pays choisi, ou au contraire si j'avais prolongé un désir qu'il avait été incapable de formuler, en poursuivant son voyage vers l'Amérique. Dans les absences de Chaïm se dessinent en effet des imaginaires français, tressés d'amour et de malentendus. Ainsi débutent le roman familial et la fantasmagorie qui réorganisent le hasard des vies en destin.

Le silence qui recouvre l'histoire de cet homme-là vient moins de la honte d'avoir un ancêtre fou, suscitant la peur d'une tare héréditaire, que d'une profonde mauvaise conscience de l'avoir abandonné. Jamais évoqué dans la famille, il demeure une signature sans corps, celui dont les descendants portent le nom, mais qui n'a pas laissé de souvenirs racontables. Ni Papa, ni Grand-Papa... on ne l'appelle pas. Chaïm et Mendel sont pourtant les prénoms qui figurent sur sa carte d'identité le désignant comme un Juif de Russie. Le nom de famille est orthographié diversement sur ses papiers officiels : Nondelman, Neudelman, Nadelmann, Noudelmann... et l'on devine que cet homme qui ne savait ni lire ni écrire, brocanteur de son état, et non fabricant de pâtes ni couturier, dut parler en yiddish à l'officier de l'état civil qui transcrivit phonétiquement son patronyme. Il apprit ces nouveaux noms, inscrits dans une autre graphie, avec des sonorités inédites et encore flottantes, et qui devinrent celles des générations suivantes.

Sa mémoire se résume à peu de chose : né en 1891, il a décidé, à dix-huit ans, de fuir les pays baltes avec un cheval et une roulotte pour seul moyen de transport. Il voulait échapper aux pogroms de Lituanie et il choisit d'émigrer en France. On rapportait là-bas, au début du XXe siècle, qu'un pays extraordinaire, du moins une part de ses élites, avait défendu un Juif, nommé Alfred Dreyfus, contre le mensonge et l'injustice. Le colporteur, sans connaître l'Ouest, mais ayant une longue habitude des routes, entreprit de traverser l'Europe pour le découvrir. Après plusieurs mois d'un voyage dont un romancier pourrait imaginer les aventures picaresques, il arriva dans le XVIIIe arrondissement de Paris. Dormant plusieurs nuits à la belle étoile, au cœur de Montmartre dans les quartiers peuplés d'émigrés juifs, il fut ensuite hébergé par une société d'entraide. Ses hôtes juifs lui recommandèrent alors de servir sous les drapeaux français, le gage d'une bonne intégration et la promesse d'une naturalisation. Chaïm entra donc dans l'armée en 1911, en tant qu'israélite russe, et obtint la nationalité française seize ans plus tard.

Entre-temps, si l'on peut dire ainsi pour parler d'une guerre qui fut moins une parenthèse que la fin d'une vie « libre », un marieur lui présenta Marie Schlimper, une veuve, juive autrichienne de Lemberg, au caractère affirmé, qu'il fallait épouser avec sa progéniture, Jacques, Rachel, Raymonde et Bernard. Elle avait dix ans de plus que lui et il hésita, d'autant qu'il partit à la guerre en 1914, comme « engagé volontaire juif ». Mais elle lui donna un fils, le temps d'une permission, et ils se marièrent deux mois avant la naissance du garçon. En avril 1916, Marie Schlimper, fille de Jacob, tailleur, et veuve de Hersch Friedmann, devint Marie Noudelmann, apposant sa signature sur le registre de la mairie du XVIIIe arrondissement, sans celle de son nouvel époux qui déclara ne pas savoir écrire. Marié et installé avec sa nouvelle famille dans un deux-pièces, 20 rue du Ruisseau, il se crut casé. C'était sans compter sur le retour au front et les bombes au gaz moutarde. Chaïm reçut une giclée de ce produit, inventé outre-Rhin, qui asphyxiait l'ennemi grâce à du chlorure de soufre. Résultat de ces émanations ou des pluies d'obus qui tombèrent autour de lui, Chaïm ne revint ni à lui ni au foyer qu'il croyait avoir fondé. Marie Schlimper ne s'attendait pas à ce que le tout nouveau chargé de famille perdît la tête et désertât la mission qu'elle avait espéré lui imposer. Le seul horizon de ce mutilé du cerveau, ainsi qu'on appelait les fous de la guerre, fut désormais le placement dans les hôpitaux de Sainte-Anne, Ville-Évrard et Cadillac, resté sans témoignage. L'histoire officielle de Chaïm Mendel Noudelmann s'arrête là, et elle n'est rehaussée d'aucune mémoire familiale. Nul n'a souhaité reconstituer le trajet de ce poilu, ni sa guerre ni son errance de vingt ans dans les asiles.

Son fils, qui deviendra mon père, ne garda presque aucun souvenir de lui, tout juste des promenades nocturnes, lors des sorties hors de l'asile. Chaïm l'emmenait dans sa carriole et savourait une douce complicité à l'écart de la maîtresse femme qui régentait la maisonnée. Parfois il portait ses plus beaux habits, donnant le change d'une famille normale, comme la montre une photo de lui avec femme et enfant. Albert, son fils, dont le prénom reprend et francise celui d'Abraham, le père de Chaïm, s'occupait alors à des tâches de survie, plus importantes que les visites à ce paternel dont la raison flottait de plus en plus. Comme ses frères et sœurs, il devait rapporter de l'argent à sa mère, surnommée mémère Marie, en vendant à la sauvette des cravates accrochées à des baleines de parapluie, au risque de se faire coffrer par la police et de passer une nuit au poste, en compagnie de prostituées. À treize ans, il trouva un emploi de tôlier chez Peugeot, ce qui lui procura un revenu régulier, mais qui l'empêcha de visiter la maison des fous. Devenu militant révolutionnaire, il participait aux manifestations des années trente, et bourrait sa casquette de papier journal pour amortir les coups de bâton des militants de l'Action française. Il se souciait plus de la coalition des mouvements ouvriers que de la guérison des aliénés, et il oublia définitivement Chaïm. Un demi-siècle plus tard, lorsque je lui demandais comment son père était mort, il mentionnait vaguement une fosse commune du côté de Langon, en Gironde, sans certitude ni intérêt. Bref, l'histoire de Chaïm est un trou, depuis la fin de la Première Guerre mondiale jusqu'au début des années quarante, époque de sa mort. Elle se confond avec la mémoire anonyme des patients de Sainte-Anne.

De son pays d'avant, Chaïm n'a rien rapporté qui lui aurait permis d'exercer un métier recommandable. Il faisait commerce des métaux qu'il ramassait dans les rues, et il n'eut pas le temps de s'installer durablement dans une échoppe. Comme la plupart des Juifs en France, il voulut remplir son devoir et confirmer son intégration au pays d'accueil. Des milliers d'immigrés venus d'Europe de l'Est se sont ainsi engagés à combattre l'armée allemande, quitte à tuer d'autres israélites, aussi nombreux, qui appartenaient au camp d'en face et le servaient avec une même loyauté. Des affiches écrites en yiddish, sans doute par le Consistoire, les encourageaient à montrer qu'avant d'espérer être citoyens ils pouvaient être français par le cœur et l'âme. Patriotes, ils adhérèrent à l'Union sacrée, française ou allemande, malgré l'antisémitisme inhérent aux deux nations. Ils payèrent le prix de leur patriotisme dans les batailles de la Somme et de l'Artois, et deux sur dix, Juifs immigrés ou français, périrent pendant la Grande Guerre. Chaïm avait vingt-trois ans lorsqu'il partit pour la guerre, et la signature de son nom sur le petit carton aux drapeaux semble écrite par un enfant de six ans. Malgré sa vaillance, il ne devait pas être bien vu parmi ses coreligionnaires déjà intégrés et émancipés. Je l'imagine un peu pouilleux, complexé par les israélites assimilés et fiers de leur francité, lui ne sachant ni lire ni écrire, ignorant des codes. Sa gaucherie m'est sympathique, mais j'y projette mes propres valeurs, je m'égare. Tout ce qu'on a retenu de son histoire guerrière est son exposition au gaz et son admission à l'hôpital par l'assistance psychiatrique aux armées. Pas de récit épique, ni de souvenirs fraternels, comme les fabriquent les fresques cinématographiques, rien de singulier, seulement du jaune moutarde.

Beaucoup moins documentée que l'histoire des combattants, celle des fous de guerre laisse flotter les hypothèses, selon qu'on lit les diagnostics des psychiatres ou les archives asilaires. Les statistiques, elles, soulignent le lien entre chaque « grande » bataille et l'afflux des accidents psychiques. La fréquentation à haute dose des cadavres de soldats et de chevaux, le vacarme des obus et la peur de mourir ont mutilé bien des cerveaux. Certes, Chaïm en avait vu d'autres, dans les terres baltes, avec leurs paysans assassins, peuple de souche voulant se payer sur la bête, voler l'argent des Juifs et les brûler vifs, les accusant d'avoir sucé le sang de leurs petits gueux. Mais sait-on pourquoi, à un moment de la vie, la tête ne fonctionne plus comme elle devrait, puis décide que la folie du monde est insupportable et qu'il vaut mieux se mettre en quarantaine ? Chaïm, peut-être à cause du gaz qu'il a inhalé, du spectacle de la barbarie humaine, a décidé de se retirer. Brutalement ou petit à petit, je ne sais pas bien. Sa famille a décrit son infinie tristesse et sa peur de tout, sa santé irrécupérable. La sidération l'a-t-elle emporté, ou bien a-t-il peu à peu décroché, en tout cas ce fut définitif, sans guérison, il n'a jamais recouvré la raison.

Les fous n'ont pas d'histoire et, quand on retrace la vie d'un individu qui a perdu soudain la tête, on arrête le compte de ses événements lorsqu'il sort des rails. Il naît, il grandit, il prend un métier, il se marie... et puis il part à l'asile et plus rien n'arrive, il plonge dans le grand vide de l'existence hors langage. Vingt-deux ans d'une vie, pourtant, ce n'est pas rien et il dut bien se passer des choses durant les internements de Chaïm. La grande histoire lui parvenait filtrée par les murs de Sainte-Anne, et elle porta des noms familiers à son état, tels que les Années folles et la Grande Dépression. À l'intérieur de l'établissement, qu'est-il arrivé qu'on puisse atteindre par l'histoire de la médecine, de l'administration asilaire ou par le récit des malades ? Chaïm fut-il suivi par un psychiatre particulier, subit-il des traitements expérimentaux, se rebella-t-il parfois, eut-il des amitiés pavillonnaires ? Rêvait-il à la guerre, à son enfance lituanienne, à sa mère Beila Scherman, disparue dans un pogrom, à son père Abraham qui lui apprit le métier, à sa femme qui ne venait plus le voir ?

Sa folie fut-elle douce ou dangereuse ? La Première Guerre mondiale a été une grande pourvoyeuse de maladies mentales et les médecins ont obtenu, grâce aux fous de 14-18, un matériau expérimental d'une richesse inspirante. Leur inventivité lexicale pour décrire les symptômes et établir des diagnostics fut exceptionnelle, bien avant le fameux manuel de psychiatrie, le *DSM*, paru pour la première fois en 1952. Je ne résiste pas au plaisir d'énumérer ces qualifications quasi poétiques : la démence précoce, la manie post-confusionnelle, la psychose hallucinatoire chronique, les interprétations délirantes, la confusion mentale avec agitation, le délire de persécution post-onirique, l'état d'agitation avec sursimulation, la folie circulaire à double forme, la dégradation intellectuelle, la dissociation mentale, le déséquilibre psychique constitutionnel, la folie morale, la mélancolie stuporante, tremblante ou suicidaire, la maladie de Parkinson post-encéphalitique, la démence vésanique indéterminée, le delirium tremens, le syndrome de Korsakoff, les bouffées délirantes, la psychose d'involution sénile, l'atonie intellectuelle, la schizoïdie avec autisme, l'état phobo-obsessionnel, les impulsions dangereuses, la débilité, l'imbécillité, la dégénérescence mentale, les crises nerveuses névropathiques, l'hystérie avec aphonie émotionnelle, l'épilepsie traumatique, l'arriération mentale, la démence organique artériopathique... Ce vertige définitionnel laisserait presque soupçonner une manie classificatrice chez les médecins aliénistes, mais je ne voudrais pas ajouter encore un diagnostic.

Chaïm fut jugé mélancolique, j'en obtins la confirmation en menant une enquête aux Archives de Paris.

Parmi les certificats de médecins retrouvés, celui du Dr Clerc est le plus précis : « Mélancolie délirante avec délire de persécution. Attitude déprimée. Anxiété. Idées délirantes d'indignité et d'auto-accusation. Il va mourir. Il faut qu'il aille demander pardon au Préfet parce qu'il a mal parlé de lui. Idées de suicide. Idées de persécution. On le suit dans la rue. On l'épie. Hallucinations auditives. Il entend qu'on l'insulte, il ne sait pas pourquoi. Quelques préoccupations hypocondriaques, il a mal dans sa tête, son ventre ne marche pas, il souffre de l'estomac. Ces faits nécessitent le placement du malade dans un asile d'aliénés. » De quoi s'accusait-il ? Qu'il se soit senti traqué n'a rien d'étonnant après qu'il eut échappé aux pogroms lituaniens puis aux hordes germaniques. Dans son délire de persécution voyait-il des moujiks ou des boches sauter sur lui pour l'éventrer ? Probablement. Les insultes qu'il entend viennent certainement de réminiscences et, quand on est juif à cette époque en Europe, on a dû en entendre souvent. De fait, il ne comprenait pas pourquoi on l'insultait car il n'avait rien fait pour être juif ! L'histoire du préfet, en revanche, demeure énigmatique car, vu sa condition de brocanteur, Chaïm n'a pas dû rencontrer souvent des notables. Peut-être sa demande de naturalisation suscitait-elle chez lui de l'énervement contre les autorités administratives. Les hallucinations auditives, en tout cas, font partie des symptômes psychotiques de ce genre de malades et les autres certificats médicaux mentionnent que Chaïm entendait des voix. Le Dr Leroy qui assurait son suivi à

Sainte-Anne confirme ses interprétations délirantes et y ajoute des idées de suicide. De fait, le Dr Marie signale au moins une tentative : Chaïm a voulu se tuer en se coupant la gorge.

Malgré cette descente aux enfers de la maladie mentale, Chaïm a connu quelques rémissions qui lui ont permis de revenir rue du Ruisseau et de croiser une famille nombreuse qui organisait sa survie dans un deux-pièces, sous la férule de mémère Marie. Un certificat de sortie du Dr Iruelle note la diminution des accès de dépression mélancolique. Le patient est devenu « calme et conscient ». Les qualificatifs employés lui offrent une grâce inespérée, en comparaison de ceux qu'on employait alors pour caractériser les malades débiles, déments, confus, mélancoliques, amnésiques, dégénérés, délirants, morbides, suicidaires ou hallucinants. Est-ce un hasard ? Pendant cette « permission » de sortie hors de l'asile, Chaïm obtient la nationalité française, par décret du 16 juin 1927. La nouvelle est fêtée par toute la famille, « folle de joie », oserait-on dire, tant cette reconnaissance reste liée à l'engagement militaire de Chaïm dont le prix fut sa folie délirante. La mélancolie allait-elle prendre fin ? Si la maladie psychique ne tenait qu'à des raisons et des motifs explicites, ce serait beaucoup trop simple et Chaïm, six mois plus tard, chuta de nouveau, gravement, du moins suffisamment pour que son épouse demande son hospitalisation. Un premier rapport de police avait requis un placement d'office, et même un transfert d'urgence, devant le danger imminent de son « état d'aliénation mentale qui compromet l'ordre public ou la santé d'autrui ». Cette fois, c'est mémère Marie qui réclame son internement : « Mme Noudelmann, ménagère de quarante-cinq ans, demande le placement de son époux Noudelmann Chaïm Mendel, brocanteur de trente-six ans. » Il retourne une nouvelle fois à Sainte-Anne, puis il est transféré, le 24 décembre 1927, à Ville-Évrard. Un psychiatre a-t-il décidé de lui faire passer Noël en banlieue ? Assimilé, Chaïm devait sans doute fêter la naissance de Jésus, mais pourquoi l'envoyer au nord de Paris ? Il n'a probablement pas mangé de la bûche car le certificat médical de cet établissement note son refus partiel et intermittent de s'alimenter. À cette époque on forçait les malades à se nourrir en leur introduisant un entonnoir dans le tube digestif, où l'on versait des purées. La mention d'un excès éthylique donne à penser que Chaïm n'a pas boudé la boisson. L'ironie du désespoir veut qu'en hébreu *L'Chaim* est l'expression qu'on emploie pour dire « santé ! », « à la vie ! ». Le diagnostic demeure toutefois le même qu'à Sainte-Anne : « Syndrome dépressif avec idées délirantes de persécution rectifiées et hallucinations auditives conscientes. » Quelles étaient ces voix qui l'accusaient ou lui intimaient des ordres, d'où venaient-elles ? Lui enjoignaient-elles de se blesser, de se tuer ? Cela n'est pas mentionné : ce sont des voix, et les médecins n'éprouvent pas la nécessité de préciser si elles sont graves, aiguës, si elles parlent en langue étrangère ou avec un accent, si elles chuchotent ou crient.

Sur le cahier de présence, Chaïm fait partie des étrangers, étiqueté russe, à côté d'autres immigrés de l'asile, Italiens et Polonais. Deux « compatriotes » ont été internés en même temps que lui, une certaine Olga K. et un Bazil B., mais je doute fort que le souvenir de la grande Russie eût encore du sens pour les réunir. Hétéroclite, la population des fous, consignée dans les imposants registres des asiles, par l'alignement chronologique de leurs milliers de noms, compose une petite nation d'enfermés dont la déraison trouve, sur la comptabilité de leur placement, un ordre logique, fût-il celui de leur entrée. Les immenses feuilles quadrillées, recouvertes d'une écriture à l'encre avec ses pleins et ses déliés, leur donnent une place et une forme, à eux et à elles dont la raison fut si déplacée et déformée. Avant de découvrir ces registres et leurs diagnostics, je m'étais douté du caractère mélancolique de Chaïm, même si un trait psychologique n'équivaut pas à une maladie psychiatrique. Je l'imaginais dépressif, car mon père évoquait les yeux tristes, l'air hagard d'un être déboussolé aimant contempler la lune sur la butte Montmartre. Il incarnait le côté saturnien d'une famille d'activistes, sa femme et les enfants travailleurs, comme le sont les immigrants qui doivent survivre. Sans doute rêveur et peu intéressé par les affairés, les producteurs, les hommes avides de pouvoir et d'argent, il appréciait les promenades qui ne mènent nulle part. Il n'a pas cherché à éduquer son fils, laissant l'autorité, c'est-à-dire la loi et les coups, à la mère, une femme à poigne. Chaïm, sans être un homme « normal », eut beaucoup de tendresse pour le petit Albert, jusqu'à ce qu'il fût interné définitivement. Sans le vouloir, il a peut-être inspiré aux fils suivants l'affection des pères pour leurs enfants, éloignée de ce que raconte la psychanalyse sur leur rivalité. Il n'a pas voulu imposer de destin à sa descendance, il n'a pas projeté un grand avenir pour son rejeton, mais avec de menus gestes il s'est effacé en ne laissant de lui que le souvenir d'un père aimant. Paisible, au fond, quoique agité, comme le dit la qualification des aliénés par le personnel asilaire. Il avait bien des raisons d'avoir été anxieux dans son existence, et de le demeurer. Pour autant, je dois éviter l'angélisme, car Chaïm devait être plus qu'un doux dingue pour qu'on l'ait enfermé si longtemps. Dangereux au point que la police, les médecins puis sa femme aient voulu le « placer », c'est-à-dire le claquemurer, définitivement, jugé incurable, une condamnation à perpétuité. Il voulait se tuer, alors on l'a protégé en préférant qu'il meure à l'asile, le privant du droit de s'ôter lui-même la vie.

À l'époque où Chaïm prit ses quartiers à l'asile Sainte-Anne, on ne connaissait pas les neuroleptiques ni le lithium, et les traitements se résumaient à des remèdes plutôt sommaires. Aux agités on administrait du bromure, aux léthargiques de la caféine. D'après cette répartition des humeurs qu'il fallait rééquilibrer, les malades devaient prendre des bains chauds ou des douches froides. Selon les médecins et les théories en vogue, la thérapie pouvait changer brusquement et Chaïm connut sans doute la cure par le choc. Les psychiatres se mirent en tête de bousculer leurs patients trop tordus ou trop mous, histoire de les remettre d'aplomb. Ils provoquèrent artificiellement divers impacts sur leur métabolisme ou sur une partie de leur corps. Des injections de sodium devaient perturber leurs défenses immunitaires, provoquant de fortes fièvres. Cette chimie rudimentaire était alors concurrencée par d'autres modèles, empruntés à la physique, et le remède consistait alors à lancer des chocs électriques sur les muscles, une anticipation des électrochocs bientôt prisés.

Parmi les psychiatres qui consignèrent l'état mental de Chaïm, le Dr Auguste Marie eut son moment de célébrité, dirigeant le service des admissions à Sainte-Anne et initiant de nouveaux traitements. Humaniste, il s'intéressait aux productions artistiques des fous, au point de vouloir fonder un musée de la folie. Connu pour être spécialiste des délires systématisés, il écrivit aussi sur la vision chez les idiots et les imbéciles, sur les psychoses religieuses et sur le vagabondage. Ses centres d'intérêt pouvaient l'incliner à prendre soin de Chaïm : engagé volontaire pendant la guerre de 14-18, le Dr Marie avait reçu une balle dans la fosse temporale. En psychiatrie, il s'était intéressé au délire mélancolique, ainsi qu'à l'audition morbide, de même qu'à l'assistance des aliénés en Russie. A-t-il eu de l'empathie pour Chaïm ? Son diagnostic lapidaire ne permet pas de la déceler : « dépression mélancolique anxieuse. Idées de suicide. Auto-accusation ». En revanche son innovation thérapeutique n'incite pas à souhaiter qu'il ait traité Chaïm. Dans la continuité de cette idée – cette folie ? – qu'il faut violenter les aliénés pour provoquer leur réaction, Auguste Marie inventa l'« impaludisme » qui consistait à inoculer le parasite du paludisme. Présenté encore aujourd'hui comme le premier traitement biologique contre une maladie psychiatrique, son remède n'a soigné ni la folie ni la malaria. Chaïm y a sans doute échappé, car il n'était pas atteint de la paralysie générale visée prioritairement par les injections du docteur. Cependant l'effervescence médicale qui régnait alors à Sainte-Anne pour imaginer de nouveaux traitements ne l'a probablement pas épargné. La thérapie mentale a en effet transformé les malades en cobayes sur lesquels dissertaient les sociétés de médecins, lors de séances publiques. À Sainte-Anne, ces présentations de cas firent défiler des fous, dont Chaïm sans doute, selon un dispositif où l'on se demande parfois, comme dans les zoos, qui est l'humain et qui est la bête. Exhibé, décortiqué, c'est-à-dire le cortex mis à nu, l'aliéné faisait son petit tour devant un amphithéâtre d'yeux pour devenir plus tard un personnage clinique à destination des revues médicales. Pareil à l'ours de cirque récompensé après son numéro, il obtenait une double ration à son repas du soir.

Mutilé du cerveau, Chaïm avait un statut à part dans Sainte-Anne, puisque sa folie venait d'une blessure de guerre. Le diagnostic ayant établi que son encéphale avait été endommagé, il releva aussi du service du Dr Henri Claude, psychiatre et neurologue qui officia de 1922 à 1939 à Sainte-Anne. Ce professeur réputé accueillit, en 1927, un jeune interne qui devint encore plus célèbre que lui : Jacques Lacan. Il m'amuse de penser que mon colporteur de grand-père, immigré des pays baltes, a pu rencontrer le futur psychanalyste qui fascinera des générations d'intellectuels. À vingt-six ans, ce dernier n'arborait pas encore le nœud papillon qui sera le signe distinctif de son effigie, mais il portait la cravate et des complets dignes des messieurs de la société bourgeoise et catholique, cheveux peignés vers l'arrière, avec une raie sur le côté, sans complexe pour ses grandes oreilles. Il se dispensait même de porter la blouse blanche, ayant cette assurance des héritiers sûrs de leur intelligence. J'imagine leur rencontre, malgré la distance entre deux mondes étrangers l'un à l'autre. Elle commence par une cigarette que Chaïm veut lui taper car Lacan ne se gêne pas pour fumer. Il le remercie en yiddish, ce qui éveille soudain la curiosité du jeune interne qui maîtrise l'allemand. Mais Lacan ne comprend pas qu'il s'agit d'une langue juive et il interprète ce babil comme un délire verbal, l'invention d'une grammaire. Il repère des mots, des phonèmes, des syntaxes fautives et qui se répètent, le patient s'accrochant à cette langue dérivée, comme entraîné inconsciemment par sa logique verbale. Toutefois, Lacan se passionnait alors pour les délires paranoïaques et, s'il a croisé Chaïm lors d'une visite de malades, je doute qu'il ait éprouvé la moindre empathie pour ce petit Juif mélancolique d'un mètre cinquante-sept.

Hormis ces moments spectaculaires, lors de la présentation aux psychiatres, la vie à Sainte-Anne suivait les rythmes réguliers du temps disciplinaire, malgré les crises récurrentes des malades. Chaïm se plia-t-il docilement aux heures de lever, de promenade, de coucher ? En deux décennies, il s'est habitué, certainement. Mais pour le savoir, il faudrait entrer dans ses pensées, éprouver ses angoisses, cheminer dans son imagination, rejoindre ses nuits de cauchemars ou d'insomnies. Les dortoirs de fous sont peu propices au sommeil, avec les malades qui braillent ou geignent, sans discontinuer pour certains, au point que leurs cris, perçants ou lancinants, semblent déconnectés d'une souffrance repérable. Chaïm fut-il sujet à de telles crises, fut-il attaché, lui a-t-on imposé la camisole ? Des soldats de 14-18, qui avaient gardé en mémoire les horreurs de la guerre, se sont ainsi retrouvés ligotés dans leur propre patrie, sur des lits vissés au plancher, les mains accrochées à leurs montants de fer.

Mais pourquoi privilégier une version pathétique de son existence asilaire ? L'enfermement n'empêche pas les loisirs et Chaïm connut certainement des plaisirs, par l'économie des humeurs, le déplaisir ne pouvant persister sans fin. Le Conseil général de la Seine, dès le début du XXe siècle, avait eu le souci d'« humaniser » l'asile, et le directeur de Sainte-Anne y organisait des spectacles de musique instrumentale et des jeux collectifs, financés par des philanthropes. Ils avaient lieu dans les jardins ou dans la salle de bibliothèque. Chaïm se promenait probablement dans les allées de l'hôpital, il s'attardait sur un banc, il profitait du ciel bleu dénué d'avions et de bombes. Le climat tempéré lui semblait doux, en comparaison de la rigueur des hivers baltes. « Douceur » est un mot qui lui venait peut-être à l'esprit, même au milieu des autres aliénés. Avec eux il conversait, il jouait aux cartes, il écoutait de la musique. Pendant toutes ces années, il a dû se faire un ami, ou plusieurs. Le personnel hospitalier nouait sans doute quelques affections, et Chaïm devait apprécier particulièrement telle ou telle infirmière, espérant la croiser aux heures où elle prenait son service. Les infirmiers, eux, étaient réputés rudes et insensibles aux aliénés. Lisait-il ? Il aurait alors appris à lire le français, ce qui est possible. Plus douteuses sont les lettres qu'il aurait pu recevoir de sa femme Marie, laquelle n'avait pas le cœur à ce genre d'épanchements. Lui envoyait-elle des victuailles ? C'est peu plausible, tant elle luttait pour éviter la misère à ses cinq rejetons. Elle faisait des travaux de couture à façon, recevait une part de la pension militaire de son mari et terminait les fins de mois grâce aux petits revenus que lui rapportaient ses adolescents. Au moins, le statut d'ancien combattant permettait à Chaïm de manger décemment et de prendre plaisir aux repas de l'asile, s'il avait retrouvé l'appétit. Il acceptait sans doute les côtes de porc et le saucisson, la nourriture casher n'étant pas inscrite au menu des hôpitaux. La vie dans les tranchées l'avait en effet habitué à engloutir les rations sans mégoter.

Gardait-il l'espoir d'un retour à la vie ordinaire ? Sa femme Marie et son fils Albert lui manquaient-ils ou s'étaient-ils évanouis dans un marécage de souvenirs ? Se sentait-il abandonné ? La perspective de son retour à la maison ne semble pas avoir été envisagée par les médecins ni par son épouse. S'il était revenu, sa pension militaire aurait été diminuée et il n'aurait pu, dans son état, retrouver un travail, accablant alors Marie d'une charge supplémentaire. De toute façon, il avait décroché de la vie sociale, impossible à réinsérer, « incurable » : sans famille, appartenant désormais au petit peuple des aliénés mentaux. Aliéné, c'est-à-dire étranger aux autres et à lui-même, éloigné, sans lien. Au bout de quelques années d'internement il ne reconnut plus ni sa femme ni son fils adolescent, et il avait même peur d'eux lors de leurs rares visites. Déraciné, hors du temps et orienté par le seul dispositif de l'asile, peut-être regardait-il, du coin de l'œil, les folles du pavillon d'en face, car hommes et femmes demeuraient séparés. Mais les femmes folles s'intéressent-elles aux hommes fous ? La profonde mélancolie ou les doses de bromure avaient-elles éteint durablement le désir de Chaïm ? La sexualité des malades est un sujet tabou dans les hôpitaux et toute enquête en est réduite aux suppositions.

L'Histoire des hommes avait relâché son harnais et le temps vécu ne correspondait plus à la chronologie des gens « normaux ». Pourtant certains mutilés de guerre avaient eu l'illusion de faire l'Histoire et, au milieu de la population des internés, ces anciens combattants formaient une catégorie à part, même si leur conscience de « classe » demeurait incertaine. Un régime spécial et des expériences communes devaient favoriser, bon an mal an, leurs regroupements. Chaïm fréquentait-il les étrangers qui avaient été internés à la suite de la Grande Guerre ? Parmi eux, beaucoup venaient d'Afrique noire, d'autres de l'océan Indien ou des Antilles. Quelques Russes, dont il parlait sans doute la langue, lui rappelèrent-ils les paysages de son enfance ? Se racontaient-ils leurs garnisons, leurs prouesses, leurs terreurs passées ? Ou peut-être ne voulaient-ils plus entendre parler de l'armée, de la guerre, et ils se fichaient de savoir si c'était bien la der des ders. Ils méprisaient les foutaises sur la paix retrouvée puisqu'ils avaient vu de quoi les humains étaient capables et qu'il n'y avait aucune raison de croire que ces êtres ou leurs rejetons ne se déchaîneraient pas à nouveau. Albert, s'il était venu lui rendre visite régulièrement, lui aurait raconté le krach boursier, l'ascension de Hitler ou le Front populaire. Mais dans toutes ces nouvelles, y avait-il quoi que ce soit concernant le sort des aliénés ? Ces hommes qui avaient pourtant participé à la grande épopée guerrière du siècle étaient définitivement sortis de la marche du temps. Pendant cette période qu'on n'appelait pas encore l'entre-deux-guerres, ils avaient sombré dans la durée indéfinie de l'enfermement asilaire.

Le troisième et dernier moment de son histoire française se déroule dans le sud-ouest de la France. Le 21 décembre 1929, Chaïm fut transféré à l'asile de Cadillac, en Gironde. La raison de ce transfèrement n'est pas mentionnée dans son dossier, mais selon toute probabilité, après la demande de placement par son épouse, Sainte-Anne a sous-traité son internement. Pour des raisons d'économie, cette pratique permettait à l'établissement parisien de dépenser moins, grâce aux tarifs plus avantageux des hôpitaux provinciaux, tout en continuant de recevoir la pension de guerre allouée aux anciens combattants mutilés du cerveau. Ce petit bénéfice a décidé de nombreux déplacements de malades, un mouvement qui s'est accéléré avec la guerre. Bien qu'il restât mobilisable en deuxième réserve, comme l'indique son livret militaire de 1932, Chaïm demeura en province. Cet éloignement ne le préserva toutefois pas de la grande Histoire et de sa force perturbatrice : dès le début de l'occupation allemande, en 1940, les hôpitaux psychiatriques, nouvelle dénomination des asiles, furent en effet soumis à des restrictions. Chaïm se retrouva seul, plus que jamais, sans aucune nouvelle ni colis, car sa femme Marie avait dû changer de nom pour échapper aux persécutions anti-juives. Ayant troqué les sonorités yiddish pour des consonances italiennes, elle prétendait s'appeler désormais Marie Genesti.

Cadillac, ville d'environ trois mille habitants, aujourd'hui comme en 1940, fut la dernière station de sa vie asilaire. Entourée de vignes, elle respire la beauté paisible des anciennes cités fortifiées, avec ses remparts, sa porte de la Mer, sa porte de l'Horloge, et son château à la majesté sobre et classique. Autour de la mairie et de ses hautes arcades qui abritent une halle traversante, les Cadillacais s'attardent aux terrasses des cafés et des restaurants, comme s'ils prolongeaient la douceur girondine vantée depuis des siècles. Cette impression est toutefois trompeuse car le passé et le présent de la ville recèlent une grande violence. À Cadillac se sont en effet associées l'histoire de l'asile et celle de la prison, étroitement liées dans leurs bâtiments et leurs pratiques. L'hospice Saint-Léonard, fondé au XIVe siècle, y accueillait les infirmes, les miséreux et les pèlerins, et il fut transformé au XVIIe siècle en hôpital Sainte-Marguerite par le duc d'Épernon, qui en fit un asile pour les déments que les familles aristocratiques plaçaient là, espérant qu'ils y purgeraient leurs humeurs mélancoliques. La Révolution entraîna une démocratisation de la folie, pourrait-on dire, puisque de nouveaux fous, roturiers et gens de peu, y trouvèrent refuge. Devenu asile public autonome d'aliénés en 1912, il est désormais un hôpital psychiatrique départemental, auquel s'est ajoutée une unité pour malades difficiles puis, en 2016, une unité hospitalisation spécialement aménagée, c'est-à-dire un hôpital-prison pour les fous dangereux. Cadillac fait ainsi l'objet de reportages plus ou moins voyeuristes sur ces internés qui ont commis des crimes horribles et dont l'agressivité reste peu contrôlable par le personnel soignant et les gardiens de l'administration pénitentiaire. Les documentaires aux titres accrocheurs, tels que « Les fous les plus dangereux de France », les montrent souvent comme des bêtes curieuses, sous camisole chimique, attirant chez les spectateurs une sympathie que refroidit l'énoncé de leurs exactions sanguinaires.

L'enfermement par l'asile ou la prison a trouvé à Cadillac un autre établissement, prestigieux celui-là, et dont l'enceinte avec ses douves a plus de cachet que le mur interminable et sinistre de l'hôpital-prison. Le château des ducs d'Épernon a été acheté, au début du XIXe siècle, par l'État pour y installer une maison centrale de force et de correction réservée aux femmes, et les appartements nobles ont été transformés en dortoirs et en ateliers dont les fenêtres sont alors occultées, tandis que les sous-sols sont devenus des cachots. Environ quatre cents femmes incarcérées y suivaient une discipline rigoureuse, soumises à des hivers froids et humides, astreintes à treize heures de travail quotidien, essentiellement de la couture et du tissage. Levées au premier coup de cloche, à 4 heures du matin en été, elles devaient respecter le silence et encouraient des punitions si elles chantaient ou criaient. Le taux de suicide et de maladies mortelles parmi les détenues y battit le record des prisons pour femmes avec une moyenne de trente décès par an. En 1891, l'établissement fut converti en une « école de préservation » pour jeunes filles qui fonctionnera jusqu'en 1952. Des mineures, parfois de moins de dix ans, y étaient soignées contre le virus du crime : comme les aînées qui les avaient précédées, elles avaient été condamnées pour prostitution, infanticide, avortement ou vol. Des religieuses les gouvernaient et les évaluaient, notant souvent leur caractère calme et leur bonne volonté au travail, mais déplorant leurs mœurs légères et leurs « mauvais instincts ». Chez certaines, elles repéraient, comme en témoignent leurs registres, des antécédents douteux, un caractère sombre, un état maladif, une débilité mentale, de mauvaises dispositions, une mentalité dangereuse, un caractère sournois et des penchants à la débauche. Le jugement qu'elles portaient sur ces « anormales » fait écho à celui des psychologues qui officiaient à quelques centaines de mètres, dans l'asile des aliénés. En amont, des juges avaient recommandé le transfèrement des mineures « pour être placées dans le quartier des idiotes perfectibles ». Elles y étaient internées d'office, comme l'étaient les fous en hôpital psychiatrique, et condamnées pénalement à la réclusion et à des travaux forcés, telles des délinquantes en prison. Le régime carcéral y était impitoyable, avec des dortoirs d'une soixantaine de lits et des cellules d'un mètre cinquante sur deux mètres pour les récalcitrantes, obligées de dormir dans ces cages à poules qui pouvaient tout juste contenir un matelas et un vase de nuit.

En visitant ces lieux étranges où sont superposés, en bas, les vestiges d'une vie aristocratique avec ses fresques murales et ses portes sculptées, et en haut, les sinistres écrous et grillages qui rappellent que des milliers de filles perdues ont souffert ici, je me rapproche de Chaïm. Il n'existe pas de photographies de lui au-delà des années vingt et je dois l'imaginer arrivant à Cadillac en mauvais état, transféré depuis Paris, exilé dans cette province où il n'était jamais allé, comparant les vignes somptueuses à celles du carré de Montmartre. Comment était-il vêtu ? Portait-il la barbe ? Son regard se perdait-il dans les abîmes ? Je ne peux le savoir. En revanche, les jeunes filles de Cadillac ont été photographiées au début des années trente et leur vie a été documentée. La plupart étaient analphabètes, comme Chaïm, et l'on ne formait pas l'espoir de les éduquer, sauf un dixième d'entre elles, bien que les résultats fussent très décevants, disent les rapports de l'instituteur. Désobéissantes par nature, plusieurs s'évadèrent, et de nombreuses se rebellèrent, chacune à sa manière, dramatique ou sournoise. L'une a écrit des obscénités sur une porte, l'autre a dégradé le mur de sa cellule et s'est poudré le visage avec le plâtre, une autre a mis ses cahiers d'école en charpie, une autre encore a déchiré une camisole pour se faire des semelles.

« Elles sont prêtes à faire tout le mal possible », écrivit la supérieure qui les condamnait au cachot et appliquait des retenues de quelques francs sur leur pécule déjà maigre.

Lors de ses promenades dans les rues de Cadillac, Chaïm a croisé ces jeunes filles rebelles qui sortaient en rang depuis le château-prison. Accompagné par un infirmier, il faisait le tour de cette petite ville où tout le monde se connaissait, et sans doute l'homme de quarante ans qu'il était devenu, célibataire forcé, ne fut pas insensible à leurs charmes et leurs impertinences. Peut-être a-t-il parlé à certaines d'entre elles, lors de travaux extérieurs effectués par les aliénés. Malgré les rapports impitoyables qu'on peut lire sur ces détenues considérées comme des êtres débiles, leurs photographies montrent des femmes charmantes auxquelles on donnerait le bon Dieu sans confession. Habillées en uniforme noir et tablier blanc, ou parfois en tenue de campagne lorsqu'on les envoyait dans les fermes environnantes pour aider aux travaux agricoles, elles ont gardé le sourire ou la spontanéité de leur jeunesse. En contraste, les bonnes sœurs dédiées à la surveillance, aux lectures édifiantes et aux cantiques affichent des mines patibulaires. Les « monitrices », âgées de plus de quarante ans, ont acquis des réputations d'autorité, au point que l'administration centrale les affecte dans les écoles où ont été signalées de fortes têtes. Elles obligent les jeunes filles à se mettre en rang, que ce soit pour aller aux dortoirs, se promener dans la cour, prier à la messe ou prendre les repas. De fait, les détenues sont alignées mais arrivent à incarner une certaine liberté dans leur corps, qu'elles cousent ou dînent, encerclées par d'austères affiches qui recouvrent les murs de leurs règlements disciplinaires et de leurs sentences morales. Une atmosphère de colonie de vacances se dégage de leurs réunions ordonnées, au milieu de ces rappels des « devoirs de l'enfant envers les parents, les frères et sœurs, les auxiliaires et les animaux, envers soi-même, l'instituteur et les camarades ». Elles s'affairent autour de paniers de pain ou de larges plats, l'apprentissage de la cuisine concourant à leur éducation, ce qui les a sans doute garanties, elles, contre la faim, comme l'attestent leurs joues rondes. Au mur du réfectoire, une large pancarte leur recommande de prendre soin des tables car « un couvert mis avec goût rend les mets plus appétissants ». Sur une photographie étonnante, prise lors d'une fête de fin d'année, elles dansent dans le réfectoire et ces couples de femmes accolées, laissant leurs mains se promener sur les épaules et les hanches de leur cavalière, font supposer que cette maison de correction et de « préservation » réservait aussi des moments de douceur. Certes, le photographe a dû respecter les vœux du commanditaire, le ministère de la Justice, qui souhaitait sans doute rassurer sur les traitements infligés. Cependant ses images suggèrent à celui qui tente de reconstituer l'univers carcéral ou asilaire l'ambivalence des sentiments qui furent vécus par des consciences et des corps d'une autre époque, et leur troublante opacité.

En revanche les fous, à une portée de rue, n'avaient pas voix au chapitre alimentaire et, à partir de 1940, la famine fut leur menu quotidien. Chaïm se trouvait là au pire moment, démuni alors que les pénuries de nourriture touchaient les institutions hospitalières. Les périodes de chaos – guerres ou épidémies – exacerbent les différences entre les catégories de personnes, selon leur richesse et leur statut, et nous rappellent que les fous sont rangés parmi les dernières strates de la société. Bien des nécessiteux, comme les vieux, les cancéreux ou les prisonniers, passent avant eux, qui sont sacrifiés dès que s'instaurent des priorités. Victimes de l'utilitarisme dominant, ils comptent moins que les autres : pourquoi nourrir ces bouches inutiles qui coûtent de l'argent et resteront toujours une charge ? Tout le monde se fiche des hôpitaux psychiatriques lorsqu'il faut diminuer le personnel et rationner la nourriture. Sans quasiment plus de soin, à peine alimentés, les fous, quand bien même seraient-ils médaillés de guerre, passent à la trappe. Chaïm dut alors se contenter de la soupe maigre, parfois d'un ragoût de bœuf mais sans plus de dessert. Je n'en ai pas la preuve, toutefois je sais, au vu du résultat, qu'il a perdu entre vingt et trente kilos. Un demi-siècle après ce désastre silencieux, les faits ont été documentés par des historiens et, même s'ils débattent du caractère intentionnel ou non de ce sacrifice des fous, ils ont établi que la famine avait tué des dizaines de milliers d'aliénés en France. Plus particulièrement, des enquêtes ont été menées à Cadillac sur la pénurie alimentaire à l'hôpital, due à l'occupation allemande certes, mais surtout à la gestion de cet établissement. Un terrain agricole, cultivé par certains malades, aurait dû compenser le défaut de ravitaillement, cependant ce sont surtout des vignes qu'on leur demanda de faire pousser, pour le profit du personnel hospitalier qui emportait les bouteilles à bon compte. De nombreux détournements de nourriture et de vêtements eurent lieu, en toute impunité car personne n'écoute la parole des fous.

La pratique du coulage est connue partout en France, et à Cadillac elle a pris un tour tragique, entraînant la mort des aliénés, au rythme de un par jour. Un interne, effaré par ce qu'il voyait, écrivit ce rapport : « Chaque jour, à l'heure de la soupe, quelques-uns échappent à la surveillance des infirmiers de corvée, se précipitent derrière la cuisine vers le tas de légumes ou même le monceau d'épluchures et se bourrent les poches... de ce qu'ils trouvent ; nous en avons vu plumer des moineaux et les manger crus ; un autre pêcher un rat noyé dans la fosse d'aisance et s'en repaître, d'autres enfin, s'associer pour tuer et dépecer un chat... » Une enquête administrative a été demandée en vain à la Direction de la santé, rapportant les abus systématiques de toute la hiérarchie de l'asile de Cadillac, des administrateurs aux soignants. La corruption, les passe-droits, les faux rapports ont pesé sur la vie des malades qui dormaient dans des divisions où il faisait moins de trois degrés, et qui n'avaient qu'une eau claire aux rutabagas et un morceau de sucre pour tout repas. Les surveillants volaient par dizaines de kilos la viande livrée à l'asile, ainsi que le pain, le charbon, le tabac, les vêtements et les couvertures.

Chaïm mourut le 21 mars 1941, à 9 h 50, à l'âge de cinquante ans. Le registre asilaire indique la raison de son décès : « cachexie », et rappelle sa maladie, « dégénérescence mentale (schizo-paranoïde) ». Les termes plus ordinaires pour décrire la cachexie sont la famine, la dénutrition, la perte de poids par atrophie des muscles, de la graisse et de la masse osseuse. À Cadillac, la nosographie d'époque énumère les troubles communs – gâtisme, retombée en enfance, idiotie, démence, épilepsie, escarres –, mais comme les trois quarts des aliénés de Cadillac, Chaïm est mort de faim. Les médecins détaillent les symptômes de la cachexie « marasmatique » par deux formes cliniques : la syncope ou bien l'œdème qui atteint les chevilles, les paupières et peut se répandre sur tout le corps. Chaïm s'est probablement vu mourir peu à peu, à moins qu'il eût perdu la raison au point de ne plus avoir conscience de lui-même et de s'être dissocié de son corps. Il aura fini dans cet asile sordide et corrompu, au bout de vingt-deux années d'internement. Pendant cette année 1941, six cent six aliénés ont péri à Cadillac. Deux ans plus tard, le nouveau directeur administratif de l'établissement observera que la population des malades y est « émaciée et morne, les corps flottant dans des vêtements usés à la limite et à peine suffisants pour les protéger des intempéries... tandis que le personnel, des cuisiniers aux infirmiers, se montre dans une excellente condition physique ». Chaïm aurait cependant vécu pareille détresse dans d'autres hôpitaux psychiatriques français. Ailleurs, des dizaines de milliers de patients ont aussi crevé de faim, telle Camille Claudel, au terme de trente années d'asile, morte de carence alimentaire, à Montfavet dans le Vaucluse, en 1943. Elle s'ajoute aux quarante-cinq mille fous sacrifiés pendant la guerre, un chiffre qui équivaut à la population d'une ville comme Carcassonne.

L'asile enterrait ses fous dans un cimetière à lui, comme on en a répertorié quatre en France, sur le point de disparaître sous des projets immobiliers. Pourquoi inhumait-on les fous à part, comme s'ils risquaient de contaminer les cadavres des humains normaux dans les cimetières publics ? Jusque dans la mort, dérangeaient-ils la raison commune ? De fait, on appelle aujourd'hui cet espace abandonné « cimetière des oubliés », composé d'environ quatre-vingt-dix rangées de dix à douze tombes qui ont été réaménagées au fil du temps, selon diverses couches d'inhumations plus récentes, recouvrant une foule de défunts anonymes. Chaïm a été enseveli, à même la terre, dans le « carré des fous ». Il est de tradition d'enterrer ainsi les vagabonds, les prostituées, les délinquants, les enfants abandonnés et les aliénés. Certains fous, dont la famille se sentait encore responsable, ont obtenu des sépultures, et d'autres ont pu bénéficier de cercueils en bois blanc fabriqués par l'hôpital. Mais en 1941, le surnombre de morts conduisit à les inhumer en les regroupant parfois à deux ou trois dans le même suaire. À une profondeur d'un mètre cinquante, les corps ont donc été superposés, en attente de décomposition, puisqu'il faut six à huit ans pour que les os soient nettoyés de leur chair, et il ne devait pas en rester beaucoup sur ceux des aliénés morts pendant la guerre. Une fois réduits à des squelettes, les corps furent déplacés pour laisser la place aux plus récents afin que chacun ait son trou. Les os des morts sans sépulture rejoignirent alors un ossuaire, lui aussi réorganisé par le fossoyeur qui savait où creuser, en fonction de l'ancienneté des ossements – surtout des crânes et des fémurs – pour y disposer les nouveaux reliquats. C'est un trou, fermé par une dalle comme celles qui recouvrent les égouts de ville, et qui laisse voir, lorsqu'on la relève, des sacs plastique dans lesquels sont empaquetés de vieux squelettes. Loin de la solennité des suaires, ces paquets d'os n'ont pas plus de consistance ni de forme que de vulgaires pochons gris pour les chantiers.

Le corps de Chaïm suivit ainsi les étapes funéraires de sa décomposition, livré directement à la terre, placé dans la fosse commune des fous abandonnés, dans l'un de ces petits sacs avec d'autres « exclus de la mémoire ». Cet ancien combattant, devenu français, enfin, quatorze ans avant sa mort, libéré de ses obligations militaires le 10 novembre 1940, connut ainsi une fin proche de celle qui attendait les Juifs d'Europe. C'est en tant que fou qu'il termina sa vie et non comme Juif, de sorte qu'il ne fut pas gazé au Zyklon B – le gaz moutarde l'avait entraîné vers un autre destin. De sorte aussi que son corps ne fut pas brûlé et que ses cendres ne se sont pas perdues dans les sols polonais. Ses maigres résidus de chair se sont dissous dans la terre française qu'il avait choisie, nourrissant l'humus d'une région où l'on célèbre le terroir des vignobles. Peut-être aurait-il été satisfait à l'idée d'un tel « enterrement » qui lui donnait une demeure et des racines françaises, pour l'éternité.

Recouvert de cailloux qui jonchent une surface bosselée, le carré des fous de Cadillac est un alignement de croix en fer rouillé, rehaussées parfois d'une plaque en étain sur laquelle est inscrit le nom d'un défunt ou un matricule, ou encore une date. Les restes de Chaïm ont ainsi été surmontés par un symbole chrétien, bien que le registre des décès n'ait pas oublié de l'identifier comme « israélite ». Ces croix le rendent encore plus anonyme qu'il ne fut, elles le font disparaître sous la même miséricorde que celles des carmélites qui en érigèrent des dizaines à Auschwitz. Juif, musulman ou athée, le fou termine sa vie sous une croix, et celles de Cadillac, d'abord en bois, furent remplacées, dans les années cinquante, par du fer qui rouilla dans la désolation de ces monticules de terre, jonchés du débris des plaques et des céramiques déposées par quelques endeuillés. Après tout, Chaïm se fichait peut-être d'avoir une croix au-dessus de sa tête, sans plus aucune illusion sur la religion de ses ancêtres ni sur la perspective d'un au-delà. Lui aurait-il importé de loger dans le carré des anciens combattants ? Une partie du cimetière des fous est en effet réservée aux « mutilés du cerveau » de 14-18, composée d'une centaine de sépultures dont soixante-dix anonymes. Une plaque y mentionne « Les Anciens Combattants de la Gironde à la mémoire de leurs camarades mutilés du cerveau victimes de la guerre 1914-1918. 26 juin 1937 », une autre « Les Anciens Combattants et Prisonniers de Guerre à leurs camarades. 25-11-56 ». Chaïm n'est honoré ni par l'un ni par l'autre de ces hommages, comme si la France de la Seconde Guerre mondiale lui rappelait à l'avance que, malgré sa naturalisation en 1927, il restait un Juif.

Heureusement, pourrait-on dire, il mourut avant d'être dénoncé par le directeur de l'asile. En effet, le préfet de la Gironde, nommé par le gouvernement de Vichy, demanda qu'on lui fournît la liste des fous juifs – ou des Juifs fous, c'est affaire de point de vue – et il obtint satisfaction. François Pierre-Alype, préfet pétainiste, adepte de Maurras, fut un collaborateur zélé qui traqua les « israélites », fit interner les étrangers et livra les résistants aux Allemands, avant de laisser la place en 1942 au secrétaire général Maurice Papon qui, lui, organisera la déportation des Juifs vers les camps d'extermination.

Pierre-Alype sera acquitté en 1955, mais n'aura pas l'honneur, comme son successeur, de devenir ministre dans le gouvernement de Raymond Barre, en 1978. Chaïm est donc mort seul à Cadillac, avant de risquer d'être déporté dans un train, mort sans Beila ni Abraham ses parents, sans Marie sa femme, sans Albert son fils, qui ne sont jamais venus se recueillir sur ce lieu sans inscription dont ils n'auraient jamais imaginé qu'il serait le bout de son épopée, commencée en Russie et poursuivie dans les tranchées françaises. Devant ce terrain caillouteux, je voudrais prononcer son nom comme il l'entendait dans son enfance, avec la sonorité adéquate pour dire Chaïm, et imaginer un improbable kaddish dans les ruines de ce cimetière girondin.

Il n'y a pas de tombes chez les Noudelmann, me disais-je en sortant du cimetière de Cadillac. Sans doute quelques-unes dans les terres baltes, et encore faudrait-il qu'elles aient été sauvegardées et entretenues. Mais en deux générations françaises aucune sépulture. On dit que l'assimilation définitive arrive à la troisième génération des immigrés. En serai-je la confirmation en mourant sur la terre de France, ou bien terminerai-je sur un autre continent ? Sauterai-je d'un toit ou crierai-je d'angoisse devant la maladie, partirai-je paisiblement ou à mon insu, sans avoir choisi le pays final ? Si jamais un lecteur lit ces lignes alors que je suis déjà mort, il doit bien rire de savoir que ces prévisions ont été peu confirmées. À moins de la décider volontairement, comme le fit mon père, il y a bien de l'orgueil à s'imaginer sa mort ainsi ou autrement. Montaigne, au début de ses *Essais*, s'affichait en fier stoïcien, proclamant qu'il fallait se tenir toujours prêt, attendre la mort au tournant, y penser à chaque instant pour ne jamais être déstabilisé : « Jamais homme ne se prépara à quitter le monde plus purement et pleinement, et ne s'en déprit plus universellement que je m'attends de le faire. » Puis, une quinzaine d'années plus tard, il en rabattit, sentant la fin proche, pas très loin de ce cimetière de Cadillac. Il avait d'ailleurs constaté que les paysans, dans cette région qu'on appelait la Guyenne, mouraient très dignement, alors qu'ils n'avaient jamais lu une ligne de Sénèque.

L'éloignement de la terre natale rend-il enclin à faire le tour des sépultures familiales, fussent-elles absentes ? En poursuivant mon périple funéraire, je ne sais si je voulais saluer cette mémoire ou lui donner congé. Trop fixé sur le patronyme, j'avais négligé le cimetière où est enterrée la femme de Chaïm, car il existe bien une tombe à son nom dans le carré juif du cimetière de Bagneux, qu'un membre de la famille allait depuis des années nettoyer ou réparer après le passage de vandales antisémites. La mort d'Henri Friedmann, ce cousin vigilant, m'a imposé la responsabilité d'entretenir à mon tour cette tombe que je ne connaissais pas et que mon père n'honorait pas, bien que sa mère y reposât. Le passage de témoin eut lieu lorsque Henri fut inhumé dans une sépulture sur laquelle est écrit le nom de ses parents « morts en déportation ». Le jour où ils furent raflés, le 16 juillet 1942 à Paris, la maîtresse d'école le somma de ne pas rentrer chez lui. Elle lui donna une adresse dans la Drôme et il réussit à franchir la ligne de démarcation pour passer le reste de la guerre à travailler chez des paysans. C'est lui, Henri l'orphelin, maroquinier de son état, qui garda la mémoire de la famille, en conserva quelques photos et honora ses tombeaux. Celui de Marie Noudelman est collectif et son nom figure, un *n* en moins, sur une plaque de marbre cassée, parmi une trentaine de noms regroupés sous le titre d'« Anciens combattants juifs 14-18 ». Deux listes se côtoient, celle des femmes à gauche, avec leurs noms d'épouse et de jeune fille, et celle des hommes à droite. Les veuves ont rejoint leurs soldats de maris, les poilus juifs – comme cette expression sonne bizarrement ! Le monument a été restauré par l'Union des engagés volontaires anciens combattants juifs 39-45, signant le bas de la pierre tombale. D'une guerre à l'autre, les Juifs rappellent désespérément qu'ils ont donné leur corps à la France, ou à une certaine idée de la France.

Veuve de Chaïm Noudelmann qu'elle avait fait placer en asile et abandonné, Marie Noudelman née Schlimper est inscrite sur cette sépulture de Bagneux grâce à l'engagement de son mari, mort pour la France, à retardement, en 1941, mort *pour* avoir perdu la raison *pour* la France. Pour et encore pour. Ou à cause de. À cause de la France, de la guerre, du gaz allemand, du cerveau mutilé... Marie est une veuve de guerre, la veuve d'un fou de la guerre. Son nom est gravé, même si l'encre s'est effacée, sur ce tableau d'honneur, au-dessous de Sarah Konetsky, Anna Frenkel, Marie Neymann, Keila Jarolvsky et Anna Dobkine. Honorée, mais recluse dans un carré à part, elle doit cette distinction aux Juifs qui, malgré la Seconde Guerre mondiale, sont fiers d'avoir servi un pays qui a pourtant collaboré avec leurs assassins et les a déportés méthodiquement. Vais-je m'occuper désormais de cette sépulture, la nettoyer, y déposer quelques cailloux et me recueillir, comme on dit ? Cet engagement inclurait les voisins de Marie, dont les noms résonnent avec familiarité, bien qu'ils me demeurent inconnus. D'ailleurs je ne sais comment on peut loger vingt-huit corps dans un seul caveau, à un mètre cinquante de profondeur, à moins qu'on ait entassé des urnes funéraires sur plusieurs étages souterrains, bien que l'incinération ne soit pas recommandée chez les Juifs. Quoi qu'il en soit, ossuaires ou cendres, ces reliques rassemblent des êtres qui ne se ressemblaient peut-être pas, et que des hasards objectifs ont transformés en société perpétuelle. La visite à une grand-mère que je n'ai jamais connue m'oblige à l'égard de ces morts, par consonances et communauté de destins, et par fidélité au nom de Chaïm qui a trouvé ici, bon gré mal gré, une tombe par procuration.

II

Tu n'es jamais parti à la recherche de ton père Chaïm et tu n'as jamais honoré la tombe de ta mère Marie. « Je ne supporte pas d'aller dans les cimetières, les pierres tombales, ça ne m'inspire pas », m'as-tu déclaré, ajoutant : « C'est ridicule d'encombrer des terrains avec un corps qui pourrit ! » Toi, Albert, le fils d'un ancien combattant juif naturalisé français, tu laisses les morts avec les morts et tu regardes loin devant toi. On te croit bavard, tu séduis avec les mots et tu fais rire autour de toi, mais en fait tu es un taiseux. Du moins n'as-tu jamais parlé d'une période qui a pourtant coupé ta vie en deux faces étanches, séparées par un mur opaque, un bloc de temps qui va de 1937 à 1945. Pendant notre vie commune et après, tu restais silencieux sur ce passé, n'y faisant jamais allusion, et personne n'aurait soupçonné qu'il ait pu te marquer si tu n'avais pas été affligé d'un appareil auditif dû à la perte d'une oreille sur un champ de bataille.

Tu ne t'intéressais même pas aux films ni aux livres sur la guerre, peut-être par dégoût du pathos et parce que ce genre d'« histoires » ne se racontent pas volontiers, ne se résument pas en termes d'expérience, d'événement ni de traumatisme. De tels récits, quand bien même sont-ils formulés par des témoins, humanisent un vécu abyssal qui a franchi, durablement, les frontières de l'inhumain et demeure dans les marges du langage. Ils sont à la fois exceptionnels, car il n'est pas fréquent de vivre au plus proche de la mort pendant cinq années de guerre, et ordinaires, parce que tant de Juifs ont vécu des histoires semblables. Tu ignorais alors que les critiques littéraires feraient même du récit de camp nazi un genre littéraire – que les antisémites catalogueraient dans le « Shoah business ». La plupart des rescapés n'ont pourtant pas relaté volontiers ce qui leur était arrivé, faute d'oreilles pour les écouter à la Libération. Le chef-d'œuvre écrit par Primo Levi au sortir de la guerre, *Si c'est un homme*, a mis des années à trouver un éditeur et une audience. De ce qu'ils ont vécu, les Juifs n'ont pas fait un titre de gloire lorsque la guerre a été terminée.

Nous avions déjà pris nos distances, toi et moi, lorsque je voulus forcer ta vérité. Je cherchais le cadavre planqué sous le parquet de ta vie bien rangée, et ne me contentais pas du mot de résilience qui rassure et qui écrase. Pour quelle raison tu acceptas de déroger à ce mutisme tellement maîtrisé qu'il passait inaperçu autour de toi, je ne le sais toujours pas. Tu consentis à une parole fleuve qui fut une « confidence » car elle supposait à la fois du secret et de la confiance. As-tu voulu retrouver ainsi notre intimité trahie, ou as-tu cherché à réintégrer une part de ton existence que tu avais soigneusement comprimée, empaquetée, refoulée ? Tu délivras ce récit en un seul flot, dix heures durant, et une fois pour toutes, sans plus jamais le répéter, et le petit magnétophone à cassettes que tu m'avais offert pour mes dix ans servit à l'enregistrer. Pendant quarante années, je n'ai jamais songé à le transcrire, ni à le transmettre, parce qu'il fut un geste confidentiel, accompli d'un père à un fils, non communicable. Peut-être n'avais-je pas envie de le partager, conservant ainsi la complicité exclusive que j'avais entretenue avec toi depuis l'enfance. Peut-être ne voulais-je pas non plus m'identifier à ce vécu, soucieux de maintenir à mon tour l'innocuité de ce passé clandestin.

Alors que cette parole devait rester entre toi et moi, je l'entends autrement à présent et sans doute fallait-il que mes oreilles se tapissent d'abord d'une couche de temps qui rende ta voix un peu étrangère, et que la poigne des affects se desserre. Tel est le paradoxe de pouvoir accéder au discours transmissible d'un père lorsqu'on s'en est détaché, ce qui s'appelle, probablement, devenir adulte, et il n'est jamais trop tard pour y arriver. Afin de te comprendre aujourd'hui, et d'entendre ce que tu dis et ce que tu caches, je dois te ventriloquer, parler pour toi en continuant de m'adresser à toi, car cette confidence ponctuelle, non destinée à la publication, ne s'adressait à personne d'autre et n'avait pas vocation à entrer dans une enquête sur l'identité française. Condamné à la prosopopée depuis ta mort brutale au siècle dernier, comme si je devais « contresigner » la déposition de ta voix, j'y entends souvent autre chose que ce que tu me racontes, car le sens est une affaire de sons. Tout du long de cette confession, tu as gardé un ton neutre, tu ne voulais surtout pas t'épancher, sans doute parce que tu redoutais l'apitoiement et que tu tenais à garder ce que tu croyais être une dignité d'homme ou de père. Ta voix de samouraï cherche une tenue dénuée d'affect, et elle se nimbe d'une couche d'acier, une sorte de pellicule acide, un micro-ton au-dessus de la hauteur courante. Elle sépare et protège les mots d'un réel trop océanique pour être dicible, au-dessus duquel on erre, avec l'angoisse d'y sombrer sans retour, là où succombent toutes les phrases, les croyances et les formes.

Au préalable, tu as souhaité me rappeler que tu étais français avant d'être juif. Tu t'étais plié sans effort au modèle républicain de l'assimilation, même si tu avais dû interrompre tes études à treize ans. Juif « émancipé », comme on dit, sans fréquentation des lieux de culte, tu avais rompu tes attaches familiales. Ta mère t'avait mis dehors dès que tu avais revendiqué le salaire que tu gagnais à l'usine, et tu avais délaissé ton père qui, reclus à Sainte-Anne, ne te « reconnaissait » plus. Certes, tu n'as pas bénéficié d'une ascension sociale, te limitant aux métiers d'ouvrier puis de vendeur, mais tu étais un vrai titi parisien, avec l'accent et la gouaille d'un poulbot de Montmartre. Travaillant au marché Saint-Pierre où tu vendais du tissu – une activité que d'aucuns jugeront atavique, malgré tout –, tu y rencontras une blonde aux yeux bleus, orpheline, avec laquelle tu te marias civilement et entre deux témoins, quitte à scandaliser « les tiens ». En milieu pauvre, tu connus moins qu'ailleurs l'antisémitisme, subissant parfois, en raison de ton nom ou de ton physique, des avanies occasionnelles. C'est la politique qui te confronta à la haine des Juifs, lorsque les milices nationalistes, des Croix-de-Feu aux Camelots du roi, venaient cogner les « agents de l'étranger » pendant les manifestations. Tu t'étais peu à peu engagé dans l'action syndicale, à la section textile de la CGT, puis tu avais participé aux mouvements sociaux qui conduiraient au Front populaire et aux accords de Matignon. Tu circulais parmi les mouvements d'extrême gauche, fréquentant aussi bien les communistes que les socialistes, les trotskistes que les anarchistes, te liant avec le révolutionnaire Marceau Pivert, le syndicaliste Albert Gazier ou la future chanteuse Colette Renard. Rien de communautaire ne déterminait tes engagements, motivés par une demande de justice, au nom du prolétariat et même de l'humanité universelle. Solidaire avec la République espagnole, tu te rapprochas de la Fédération anarchiste ibérique dont tu partageais l'anticapitalisme libertaire et tu projetas de rejoindre les Brigades internationales pour lutter contre les militaires franquistes. Pendant ces années trente, donc, toi, Albert, fils d'un Juif russe et d'une Juive autrichienne, tu poursuivis le mouvement d'assimilation et d'effacement de la mémoire généalogique. Je le dis avec mes mots. Tu te pensais, te ressentais français, appartenant à une classe sociale pauvre plus qu'à une race ou une communauté. Ton internationalisme politique témoigne juste de l'idée, plus ou moins chrétienne et communiste, qu'il n'y a plus, comme le déclarait saint Paul, ni Juifs ni Grecs.

L'arrachement aux racines et l'invention de soi forgent le rêve moderne par excellence et ce fut le tien : ne tenir que de sa propre volonté, affirmer sa liberté envers et contre tous les déterminismes, se projeter dans l'avenir... quoi de plus euphorique ? Mais on ne décide pas seul de qui l'on est, et l'Histoire, tu le sais, revient parfois brutalement pour le rappeler. Les autres, voisins ou lointains, fondent tels des rapaces sur l'illusion de ton libre arbitre. Malgré l'effacement des origines, un autochtone viendra toujours te rappeler qu'il y a des habitants plus légitimes que d'autres, et des taxinomistes sauront te ranger dans leurs catégories respectives. Les classes changent avec les époques, la classification demeure.

Lorsque tu as vingt ans, en 1936, malgré ton envie de rejoindre les républicains de Barcelone, tu es requis par l'armée française et tu es encore, à ce moment-là, considéré comme un Français ordinaire, un citoyen qui doit remplir ses obligations militaires. Affecté au 129e régiment d'infanterie, tu passes trois mois de classes au Havre et tu découvres la vie de caserne, l'habit de soldat, le port du béret et du casque. Tu rencontres des provinciaux et des campagnards, des Normands différents de toi parce que tu es parisien, non parce que tu es juif. Sur une photo, je te vois poser avec tes camarades, en rang derrière les officiers qui, eux, portent des képis, exhibant, au premier plan, des canons, des mortiers et des pistolets mitrailleurs. L'éloignement de Paris, les chambrées de troufions et le respect de la hiérarchie militaire pèsent sur ton moral, mais grâce à des permissions régulières, tu peux retrouver ta femme et tes amis politiques. Bien que tu aies refusé de devenir sous-officier, par solidarité avec les soldats de base, tu es nommé tireur d'élite première classe. Comme ton père Chaïm, tu fais ton devoir, certes avec une conscience critique beaucoup plus aiguë, sans doute parce que toi tu n'as pas le sentiment de payer une dette ni l'espoir d'une récompense. Soldat français, sans mention d'une race ni d'une religion, tu attends comme tous les autres la quille pour retourner à la vie civile.

L'Histoire en décide autrement lorsque en 1938 l'expansion de l'Allemagne hitlérienne et sa revendication des territoires sudètes rendent la guerre imminente. Quatre cent mille réservistes sont rappelés alors, et ceux qui devaient être libérés de leurs obligations restent sous les drapeaux. Au lieu de fêter le « percent » qui marque le compte à rebours des cent derniers jours de service, la classe entrée en 1936 continue, sine die, rejoignant les troupes qui, dans le nord de la France, se massent aux frontières pour faire barrage à l'agresseur allemand. Telle une mécanique implacable, le piège va se refermer sur ta vie qui, dès ce moment, ne ressemblera plus jamais à celle d'avant. Tu ne le sais pas encore, mais tu es pris dans une nasse et tu n'auras d'autre issue que d'éviter des abîmes qui joncheront ta route pendant sept années. Tu vas devoir lutter contre ton destin, celui de tes ancêtres, qui se répète car c'est le propre du destin, et sauver ta peau, plus que tes camarades de régiment, car ta francité jusque-là non questionnée va devenir précaire. La première répétition ou réplique familiale tient à ton service dans l'armée : toi qui n'étais pas volontaire comme ton père, mais qui accomplissais ton devoir citoyen, tu vas passer huit ans sous l'uniforme. La deuxième, plus archaïque, est l'antisémitisme que Chaïm avait fui, croyant que les milliers de kilomètres parcourus pour échapper aux pogroms le mettraient à l'abri, et qui menace à présent les Juifs d'Europe d'une extermination totale.

Alors que tu participais à des mouvements de troupes, depuis le début de l'année 1939, comme tes camarades mobilisés, tu ne croyais pas à la guerre. Même après le 3 septembre et la déclaration officielle de la France et du Royaume-Uni, les hostilités avec l'Allemagne se limitaient à des déplacements de troupes près des frontières. Tu étais alors secrétaire de ton régiment et « précurseur », c'est-à-dire préposé à trouver et réquisitionner des lieux pour loger les officiers. Les habitants t'accueillaient avec chaleur, comme un pioupiou qui allait défendre le pays et réitérer les exploits de la précédente guerre, encore dans toutes les mémoires. On vous offrait le gîte et le couvert, on s'occupait de votre linge, on organisait des repas d'adieux dès que vous repartiez dans une autre ville. Cette « drôle de guerre » fut une expérience de camaraderie, tant les solidarités, parfois les combines, liaient les soldats oisifs, chacun rendant service à un autre, fournissant qui un morceau de viande, qui une autorisation de sortie, qui un bon uniforme. « Les bobards circulaient : Hitler était foutu, on était le plus fort, on allait rentrer chez nous... » L'ennui s'emparant des troupes pendant ces mois d'attentisme, durant lesquels les manœuvres s'exerçaient plus dans les cabinets ministériels que sur les champs de bataille, des activités de substitution se développèrent, comme la musique et le théâtre. Tu improvisais des numéros de fantaisiste sur les tréteaux de fortune, tu assistais aux concerts de bastringue, tu jouais aux cartes et redécouvrais, loin de Montmartre, une fraternité légère qui brouillait un peu les différences de classes. Parisiens et paysans, fonctionnaires et artisans, ignorant les stratégies militaires, oubliaient que la guerre était proche, et ils perdaient tout entrain quand on leur demandait de creuser des tranchées, de moins en moins profondes. L'absence de permissions, les rumeurs sur la faiblesse de l'ennemi, les déplacements erratiques de matériel ne favorisaient pas la mobilisation morale ni physique des troufions qui cherchaient à tromper leur désœuvrement.

Une catastrophe vous réveille de cette torpeur lorsque l'Allemagne envahit la Belgique, le 10 mai 1940, et que votre régiment se transporte alors le long de la Meuse, entre Namur et Dinant, pour y bloquer l'ennemi. Les fraternités constituées éclatent brutalement et tous les soldats, qu'ils aient été affectés dans l'administration ou dans la mécanique, doivent aller au combat, sans distinction. Vous redevenez ce à quoi l'armée vous destine : des corps sans âmes, de la chair à canon. Tu es envoyé au milieu de soldats que tu ne connais pas, dans un trou creusé à la va-vite, avec une mitrailleuse pour mettre en joue les attaquants. Mais la bataille se joue moins avec des fusils qu'avec des bombes qui explosent en nombre et à un rythme intensif, sans répit ni abri. Il n'y a plus d'avant ni d'arrière, seulement le désordre des corps qui tombent, se disloquent, et le sang qui se mêle aux vêtements et à la terre. Les soldats sont ivres, pour la plupart, car on leur a servi des rasades de vin mêlé d'alcool fort, afin de leur donner du courage, ou plutôt de l'inconscience. « Les rations de pinard avaient été distribuées à tire-larigot, c'est comme ça qu'on fabrique des héros ! » De fait, ils courent sans direction et ils oublient de se protéger. Toi, Albert, tu n'as pas bu, non pas tant parce que tu n'aimais pas l'alcool, mais tu as toujours fui les beuveries collectives. Du coup, tu restes lucide, pour le meilleur ou pour le pire, et tu vois le carnage de tellement près qu'une espèce de dissociation se produit dans ta conscience. Tout en ayant peur de mourir, tu perçois la réalité comme un spectacle auquel tu assistes à distance, pris par le sentiment de l'extraordinaire, stupéfié de constater la connerie humaine, désolé de mourir sans tes copains. Tu accèdes enfin à la vérité de la guerre, après avoir passé des mois dans les gesticulations de caserne, à manier les armes et apprendre la discipline. Désormais tu te trouves en son cœur, en son chaos et sa boucherie fondamentale, sous le feu des avions. « C'est affreux, on était pilonnés, ça tombait à côté de moi, beaucoup de types se faisaient tuer. Je trouvais ça extraordinaire, monstrueux et con de mourir. C'était la découverte de ce que c'est réellement, la guerre. C'était plus de la rigolade, c'était plus les conneries d'apprendre le maniement des armes, de jouer au pioupiou, d'être discipliné. J'avais peur mais je restais lucide. » Tu répètes plusieurs fois ce mot de lucide, insistant sur ta différence avec les autres soldats, ivres et inconscients, mais aussi pour suggérer un étrange clivage, dans ta conscience, entre ton immersion dans le feu des combats et ton décrochage, comme si tu regardais un film au cinéma. Sans l'ivresse, la seule solution pour supporter cette horreur est de la vivre en schizophrène, le corps transi de trouille et l'esprit clairvoyant. Comment ne deviens-tu pas fou ? Tu es en train de revivre ce qu'a subi ton père Chaïm, vingt-trois ans auparavant, sur les mêmes terres. Tu ne te souviens pas de l'avoir pensé, tout était précipité et confus. Toi, au moins, tu n'as pas reçu de gaz moutarde, ton cerveau n'a pas été mutilé, tu n'as pas perdu la raison, seulement l'ouïe. Un obus est tombé juste à côté de toi et tu n'as pas pensé à garder la bouche ouverte, comme on t'avait dit de le faire en cas de déflagration, car tu serrais les dents, les lèvres et les fesses pour contenir ta peur. Ton tympan a explosé et ton oreille s'est mise à saigner. Toi aussi tu deviendras un invalide de guerre et, à vie, tu toucheras la pension octroyée aux incurables. Mais tu ne seras pas rapatrié, au contraire, tu vas endurer une longue expatriation.

Sous le déluge des obus, tout le monde fout le camp, et le commandement oblige quelques soldats à rester au front pour protéger ceux qui se replient. Les avant-gardes doivent tirer à l'aveugle, sur des cibles supposées, peut-être sur rien, car il faut mitrailler, faire du bruit, faire le soldat. Les ponts de la Meuse ont été détruits par l'armée française, mais les Allemands qui n'étaient pas, eux, en retard d'une guerre, déploient des bateaux pneumatiques et reconstruisent rapidement des passages par-dessus le fleuve. Le 13 mai, ils traversent, organisent des têtes de pont et arrivent à encercler les soldats français. Ces soldats allemands sont revêtus d'uniformes avec des têtes de mort, ils arrivent noirs de suie, aussi saouls que leurs ennemis. Ils débusquent les militaires français encore vivants dans les tranchées, entourés de cadavres, et leur font enlever leur ceinturon, jeter leur casque et leurs armes. Tout le monde crie, les Allemands qui gueulent leurs ordres dans leur langue, les Français qui hurlent à la mort, craignant d'être exécutés. Assistés d'un peloton armé de mitrailleuses, les vainqueurs rassemblent leurs prisonniers dans un champ, les font aligner devant une haie, vérifient les insignes des officiers, arrachent tout ce qui peut ressembler à une marque d'uniforme. Une fois fouillés, comptés, les vaincus rejoignent les files de prisonniers déjà constituées, par milliers, en quelques jours de cette opération de guerre dite « éclair » et qui déchire, en effet, le ciel européen.

Pour toi, Albert, une nouvelle vie commence, une deuxième séquence qui annihile toutes les phases précédentes, car elle t'entraîne vers un autre monde, de nouveaux pays, des angoisses et des actions en face desquelles les étapes de l'enfance, de l'adolescence et du mariage paraissent de simples et douces scansions. Devant toi se dresse un fil sur lequel tu devras marcher en équilibriste, le moindre faux pas te conduisant à la mort. Un long trajet t'attend, qui part de la ville belge d'Anhée et se termine en territoire polonais. Tu effectues à rebours – le comprends-tu ? – le voyage de ton père Chaïm, venu de Lituanie et traversant la Pologne, l'Allemagne et la Belgique pour arriver en France. Ce retour aux origines, pour toi qui as rompu avec tes origines, sonne de manière tragique, comme si la fuite hors du destin réalisait ce destin même. Pour l'heure, ton itinéraire est celui de tous les prisonniers astreints à marcher sans connaître leur destination. Certains paraissent soulagés de n'être pas morts et veulent croire à la propagande allemande qui leur explique que la guerre est finie. Cependant le parcours vous rappelle que les vaincus jouissent rarement d'une vie paisible, et vous devez accomplir quotidiennement entre vingt et trente kilomètres à pied, sans être ravitaillés. Pendant dix jours, vous mangez des racines de pissenlits, buvez l'eau des ruisseaux, tombez de fatigue, et on menace de vous abattre si vous vous arrêtez. Une épidémie de dysenterie terrasse des centaines de prisonniers, laissés sur le bord de la route, victimes précoces d'une sélection naturelle qui ne permettra qu'aux plus costauds de survivre. « On ignore les ressources qu'on peut avoir », dis-tu rétrospectivement, à propos de ton instinct de conservation. Le dixième jour, une roulante allemande apporte des chaudrons de pâtes sur lesquelles vous vous précipitez, affamés, sous les yeux rigolards des Allemands. Tu te frayes un chemin vers la cantine, grâce à ta petite taille, et tu te brûles les mains sur le récipient, écrasé par la meute des morts-de-faim. Dans tes paumes, tu reçois une louche de macaronis que tu manges comme un chien et, dans ton souvenir, c'est toujours le meilleur repas de ta vie.

Arrivés aux Pays-Bas, dans la province du Limbourg, les survivants sont rassemblés au milieu d'un hall de gare puis embarqués dans des trains à bestiaux. Bien que les wagons transportent des prisonniers de guerre, plus ou moins protégés par les conventions de Genève, et non des déportés, comme les reconstitutions filmiques les ont montrés, entassés les uns sur les autres, tu as l'intuition qu'un avenir funeste t'attend au bout du parcours. Avec deux autres captifs, tu projettes de sauter du train qui vous emmène vers le grand Est. À chaque arrêt, vous tentez de desceller la porte du wagon, mais rapidement vous vous attirez l'hostilité des occupants qui ont, eux, déjà accepté de se plier aux règles allemandes et sont prêts à casser la figure aux insoumis et à toute personne qui voudrait s'enfuir. « Il n'y a pas beaucoup de héros, beaucoup plus de moutons et de pleutres. Très peu avec des couilles au cul », dis-tu. La troupe est devenue un troupeau, confiante dans la bonne volonté de ses nouveaux maîtres, pourvu qu'on ne lui cause pas d'ennuis et qu'on lui serve du rutabaga. Au bout de trois jours de voyage à travers l'Allemagne, vous êtes débarqués en Silésie, région polonaise occupée, où vous découvrez votre camp de prisonniers, le Stalag VIII C, à Sagan. Résignés, voire dociles, les prisonniers se construisent aussitôt un petit chez-soi dans les baraquements. Avec un peu de mépris, tu les regardes s'installer : parmi les lits superposés, ils ont choisi leur étage, ils ont parfois posé une petite planche de bois pour mettre une gamelle qui leur sert de cendrier, ils s'accrochent à leur paillasse, prenant leurs habitudes et défendant leur minuscule périmètre au milieu d'un immense territoire.

Sur une cinquantaine d'hectares entourés d'une double clôture de fils barbelés, environ cinquante à soixante-dix mille personnes habitent ce camp parsemé de miradors. L'hygiène y est désastreuse, faute de douches, et les prisonniers se retrouvent les uns à côté des autres, sur des rondins de bois, pour faire leurs besoins dans une tranchée en contrebas. Il n'y a plus de pudeur possible, dans ce communisme de la merde. Cependant les inégalités demeurent entre les nationalités, car les baraquements forment de petits villages où l'on parle la même langue, et des hiérarchies s'imposent entre les Polonais, les plus déconsidérés, les Français mieux traités, mais moins bien que les Anglais. Spécialement destiné aux prisonniers français, le discours de Pétain annonçant l'armistice est diffusé par les haut-parleurs entourant leur quartier. Le maréchal a fait don de sa personne, dans l'honneur, et ouvre la porte à la collaboration. Toi, le militant syndicaliste, tu sais que Pétain a toujours été associé à des mouvements antirépublicains, qu'il a été ambassadeur de France auprès de Franco, et donc tu ne te réjouis pas. Mais la plupart des prisonniers pleurent d'émotion en entendant le patriarche s'adresser à eux de sa voix aigrelette, ils n'y perçoivent aucune trahison, persuadés qu'ils rentreront chez eux au plus tôt.

Malgré ton esprit frondeur, tu aurais pu mener la vie d'un prisonnier de guerre ordinaire, au milieu de tes compatriotes, si un événement n'avait bouleversé tout ce à quoi tu avais cru jusqu'alors. Les Allemands inspectent les baraques françaises et, régulièrement, ils procèdent à des sélections, établissant trois catégories : les Français, les Bretons et les Juifs. Le IIIe Reich flattait en effet les autonomistes celtes et leur réservait un traitement de faveur, du coup, il n'y a jamais eu autant de Français à se déclarer originaires de Brest ou de Quimper. En revanche, personne ne revendique une quelconque judéité, de sorte que les Allemands finissent par menacer les prisonniers de sanctions s'ils ne dénoncent pas les Juifs parmi eux, leur promettant, à l'inverse, une récompense, souvent une double ration de nourriture, s'ils accomplissent leur devoir. Chaque jour, ils font l'appel, comptent les détenus et réclament des noms. La catastrophe est inéluctable, qu'elle relève de la statistique ou de la psychologie, mais tu ne t'y attendais pas, tant tu n'as jamais ressenti une appartenance à un groupe distinct parmi tes « camarades ». Un prisonnier français te désigne pourtant et, sur-le-champ, deux soldats te bousculent et t'extraient de la rangée. Quatre autres Juifs sont dénoncés, ce qui fera cinq rations supplémentaires. Tu ne connais pas celui qui t'a livré, et qui a dû se fier au physique ou au nom juif pour révéler ton corps étranger. Tu es « effaré ». Soudain tu te sens juif, toi qui n'as jamais pratiqué la religion, qui ne t'es jamais fait traiter de sale Juif, dont ni la femme ni les amis ne sont juifs. Certes tu savais que tu étais juif, mais maintenant le qualificatif s'est transformé en substantif : tu ES un Juif, en substance, dans ton être. Le mot te tombe dessus, en français et en allemand, *Jude*, salement prononcé, comme une infamie qu'on crache, entraînant la sanction qui te bannit de la communauté des Français et plus largement des hommes, puisque tu rejoins la catégorie des *Untermenschen*. Sous-homme, tu es *sorti du rang*.

Les conséquences à venir de cette mise au ban te demeurent inconnues. Tu ignores même l'existence du camp de Buchenwald créé trois ans plus tôt, et encore plus celle d'Auschwitz qui vient d'être installé à trois cent cinquante kilomètres au sud de Sagan. Ce que tu sais tout au plus, c'est que les Allemands pourchassent les Juifs dans leur pays car tu as vu beaucoup de réfugiés à Paris depuis 1937, mais tu n'imagines pas qu'ils poursuivent leur traque dans toute l'Europe. Pour l'instant tu es partagé entre la haine et l'abattement. Tu voudrais retrouver le salaud qui t'a dénoncé, et qui aura obtenu un quart de boule de pain au lieu d'un huitième, et une double louche de brouet. La faim, la peur ont eu raison de toute solidarité. Le sentiment qui t'emporte est surtout celui d'une immense solitude, presque métaphysique, car tu es seul au monde et tu n'éprouves même pas de fraternité avec les quatre autres exclus. Tu te souviens de cette blague qui circulait lorsque le nazisme a triomphé en Allemagne : deux Juifs croisent deux SS dans la rue, et l'un veut déguerpir au plus vite alors que l'autre lui dit qu'ils sont deux contre deux. Mais le premier lui fait remarquer : « Eux ils sont deux, mais nous on est tout seuls. » Lorsqu'on est un paria, on n'appartient plus à aucune communauté, sauf dans le regard des bourreaux. Tu es perdu, englouti par un malheur qui s'est abattu sur toi, devenu objet d'opprobre, sans que tu aies le droit à la parole, ni que tu puisses te défendre, et d'ailleurs de quoi ? Coupable par nature, par essence, tu n'es plus rien, qu'un être en sursis, sans autre identité que celle conférée par tes ennemis de toujours et tes amis d'hier.

Le bannissement se manifeste sans délai et les cinq dénoncés doivent quitter sur-le-champ l'habitation des Français, car le fait d'être juifs vous a rendus apatrides. Conduits dans un autre baraquement, à l'autre bout du camp, vous vous retrouvez avec une dizaine d'autres Juifs déjà repérés. Les séances d'humiliation s'enchaînent, on vous déshabille complètement et on vous rase la tête, les Juifs étant réputés porteurs de poux. Encore plus dégradant, vous devenez les esclaves de vos anciens camarades, car vous êtes officiellement corvéables à merci. Vous écopez de toutes les besognes pénibles, le transport du matériel lourd ou le nettoyage des pires saletés. Quand tu passes devant des prisonniers français, tu les entends t'interpeller : « Eh ! Juif ! » Souvent leurs sous-officiers réquisitionnent un *Jude* pour être leur larbin. Les Allemands ont en effet délégué leur autorité pour la gestion des baraquements, tant la population du camp a augmenté, plus qu'ils ne l'imaginaient, après la débâcle française et son afflux de prisonniers à caser. Chaque baraquement est administré par une police interne qui fait régner l'ordre et rend des comptes aux Allemands, octroyant un petit pouvoir à des caporaux qui jouissent ainsi de leur importance servile. Même les subalternes ont leurs sous-subalternes, et le cabanon de Juifs constitue un camp à l'intérieur du camp, où des petits maîtres, « assez salauds pour en profiter », trouvent des esclaves sur lesquels se décharger de leurs tâches les plus ingrates.

Comment expliquer la différence d'attitude entre ceux qui se résignent et ceux qui résistent, dans une situation de détresse ? Toi, tu as compris qu'il fallait échapper à tout prix à ta nouvelle condition de rebut du camp. Tu sais qu'en restant inactif, tu termineras dans un trou, et tu veux sauver ta peau. Est-ce une question de caractère, d'éducation, de clairvoyance ? Toujours est-il que tu tentes de convaincre tes compagnons d'esclavage d'organiser votre évasion, mais tu te retrouves seul dans ce projet. Certes, l'extermination systématique de tous les Juifs d'Europe n'a pas encore démarré, toutefois tu as l'intuition que le malheur n'en épargnera aucun sous la domination allemande. Ton objectif tient en un mot d'ordre : supprimer ton identité. Tu ne veux plus être le Juif des autres, ni des Allemands ni des Français, et pour cela tu dois te débarrasser de ton nom, tenter de devenir anonyme en brûlant tes papiers et retrouver ainsi la communauté des hommes sans importance qui ont le droit de vivre. Ta chance tient paradoxalement aux corvées qu'on te réserve et qui te conduisent hors du camp pour décharger des camions ou transporter des arbres.

Tu as plusieurs fois imaginé le scénario lors des sorties quotidiennes puis, un jour favorable, au crépuscule, et après avoir une dernière fois proposé à tes codétenus, juifs ou punis, de profiter de l'aubaine d'être à l'extérieur des barbelés, tu t'enfuis seul. Alors que tu transportais, en équipe de trois hommes, des rondins de bois, depuis l'orée de la forêt jusqu'au camion, tu profites de cette distance de trois cents mètres, de l'obscurité grandissante et de la baisse de vigilance des gardes pour détaler à perdre haleine, dans la nuit des arbres.

Tu fuis à l'aveugle, au milieu des immenses sapins, des hêtres et des chênes, et tu ne t'arrêtes que lorsque tu es épuisé et que la nuit noire s'est installée. Le Parisien que tu es n'a jamais trop apprécié de dormir en forêt ni dans les prés, mais tu préfères de loin la compagnie des bêtes nocturnes à celle des Allemands chasseurs de Juifs. Tu as emporté une boîte d'allumettes et tu mets le feu à ton livret militaire, puis tu enterres ta plaque de soldat. Sans avoir conçu d'autre plan que ce minuscule incendie, tu te terres dans la mousse, tu as froid, malgré l'été. Il faut te mettre dans le crâne que tu es quelqu'un d'autre désormais, que tu dois renaître dans cet humus de Silésie, parmi les champignons et les insectes rampants. Oublier ton nom, tes parents, ta femme, ne plus répondre à ton patronyme, être un homme neuf, un Français de souche, avec plein de générations françaises derrière lui, des ancêtres enterrés dans des régions de France, du sang français rouge comme le vin et la bavette de bœuf. Tu t'appelleras Garnier. Philippe Garnier, même. Profession : ouvrier agricole, car on ne peut faire moins juif, penses-tu. Surtout pas vendeur de tissu au marché Saint-Pierre. Sur ce territoire allemand, peuplé autrefois par les Vandales puis mêlé de Germains et de Polonais, dans la nuit la plus noire qu'une épaisse forêt puisse imposer, tu te baptises toi-même, te donnant l'onction d'une francité qui effacera tes origines honteuses.

Au lendemain de ta renaissance, tu erres dans les bois déserts comme un autochtone silésien puis tu tombes sur une route dont un panneau indique les directions de Liegnitz et Breslau. Sans carte, tu ne te fais pas d'illusions sur la possibilité de revenir en France, mais tu gardes en tête tes objectifs principaux : ne pas être reconnu, ne pas être ramené au camp, ne plus être un *Jude*. Redevenir « neutre, normal », me dis-tu. Au bout de quelques kilomètres, un civil allemand, intrigué par ton uniforme kaki, t'aborde et te demande d'où tu viens. Tu comprends un peu sa langue et fais attention à ne pas emprunter d'expressions yiddish, les Juifs se trahissant souvent par ces accents connus des germanophones. Tu avoues être un *Kriegsgefangene*, même si tu as retiré tous les accessoires de ton vêtement, dont les initiales KG. Le villageois te sourit et semble compréhensif avec les prisonniers de guerre, au point que la conversation se poursuit bon an mal an, toi lui expliquant ta mélancolie, ton besoin de retourner au pays et acceptant l'invitation d'aller te reposer chez lui. Au bout de la promenade, ce n'est toutefois pas une famille hospitalière qui t'accueille, mais un Feldgendarme qui te fait passer un interrogatoire dans le bureau de police. Tu déclines aussitôt ton nouveau nom et ton métier : Philippe Garnier, agriculteur. Après une nuit en prison, tu es ramené au camp de Sagan et, par chance ou par malheur, tu échappes aux baraquements français où tu aurais été reconnu et dénoncé à nouveau.

Les autorités du camp t'envoient alors dans la Strafkompanie, l'unité punitive où sont regroupés des insoumis, des évadés, des Juifs, des Russes, des homosexuels et des Tziganes. Le traitement y est si brutal que seul un tiers des condamnés arrive à survivre. Sept jours sur sept et sans pause, les prisonniers sont astreints à des exercices et des vexations qui n'ont d'autre fonction que de les briser. La pelote est l'exercice favori des gardiens allemands et consiste à faire porter aux détenus des havresacs remplis de sable et de cailloux, et de les contraindre à courir, à se coucher et à se remettre debout aussitôt, malgré la charge de trente kilos sur leur dos. Les coups pleuvent sans cesse, avec les pieds, les bâtons et les cravaches. Dès qu'un type s'écroule, il reçoit une raclée. Ceux qui ne tiennent pas le rythme et ne peuvent plus se relever malgré les bastonnades et les menaces sont conduits au Revier, le baraquement des malades, et ne reparaissent plus. La sélection « naturelle » s'exerce par la mise à l'épreuve maximale des résistances physiques. Dans ce bataillon disciplinaire, la nourriture des prisonniers est rationnée : un ticket permet d'obtenir à manger tous les trois jours, et si le détenu n'a pas couru assez vite, il le perd. La distribution de soupe ou de rutabaga est soumise à l'arbitraire du chef de cuisine allemand qui plonge plus ou moins profondément dans le chaudron pour donner une ration aux détenus selon leur rang dans la sous-humanité. Pour les un-peu-humains la louche va au fond et attrape des morceaux, pour les à-peine-humains elle reste en surface. Les surveillants bénéficient en effet d'un pouvoir de vie et de mort, et ils ne se privent pas de frapper, de rire, de gifler et d'humilier. Ils jouissent de la toute-puissance octroyée à leur race supérieure en avilissant ces déjà moins-que-rien. Sans doute déclassés dans la société allemande, ils sont devenus des quasi-dieux qui confirment leur revanche à chaque meurtrissure infligée aux êtres inférieurs.

Il faut tenir six semaines et tu n'imaginais pas que tu aurais une telle force de résistance. Déjà pendant les dix jours de marche sans manger, lors de la débâcle militaire, tu as été surpris de trouver autant de ressource physique pour ne pas tomber. À présent, plus que l'instinct de survie, c'est le moral qui te sauve, car tu as trouvé, parmi les condamnés de la Strafkompanie, des hommes d'une tout autre envergure que les prisonniers des baraquements ordinaires du Stalag. Certains viennent de corps francs, d'autres sont des voyous et d'anciens maquereaux, mais tous ont un sens de l'honneur qui les retient de se soumettre docilement à leurs maîtres du jour. Même encadrés par des gardiens sadiques et sous la menace d'un châtiment mortel, ils ne baissent pas la tête et regimbent, comme cet homme qui, recevant des coups, attrape le bâton du tortionnaire et se rebelle, quitte à ce que quatre « chleuhs » lui tombent dessus et le démolissent en lui cassant les côtes et la mâchoire. Tu es impressionné par ces hommes de caractère, si différents de tes anciens camarades qui se précipitaient pour ramasser les bouts de cigarettes jetés à terre par des gardiens s'amusant à les humilier, marchant sur leurs mains pour retarder le moment de les voir sucer leur mégot mâchonné. Les détenus de la Strafkompanie, eux, sont accablés, insultés, martyrisés, mais ils ont gardé au fond d'eux une dignité qui résistera toujours à l'avilissement voulu par leurs tortionnaires. Cette indépendance minimale, à peine tangible, est la lueur qui te permet de tenir, et de ressentir au cœur du dénuement une solidarité avec ceux qui n'ont pas encore plié.

Les rescapés de ces six semaines de supplices n'ont pas gagné le droit de retrouver des baraquements ordinaires et font désormais partie d'un cheptel trié pour servir les industries allemandes. Réunis sur un marché aux esclaves, vous êtes exhibés devant des entrepreneurs ou des paysans qui viennent au camp recruter des travailleurs. Des civils allemands venus des régions environnantes trouvent ainsi de la main-d'œuvre à bon compte qu'ils font trimer dans leurs fermes et leurs usines. Ils examinent vos corps, comme ceux d'animaux de trait, ainsi que le faisaient les Européens avec les esclaves arrachés à l'Afrique, ils tâtent vos muscles, vérifiant votre résistance aux charges lourdes, ils observent vos yeux, vos dents, vos pieds pour s'assurer qu'ils n'ont pas de maladies ni de difformités, et finalement ils réquisitionnent les plus costauds. Les esclaves sélectionnés sont appelés des *Stücke*, c'est-à-dire des morceaux, des pièces, de la même nature que des stocks de matière ou des éléments mécaniques. Les maîtres fermiers ou entrepreneurs demandent quinze ou trente *Stücke* pour les emmener dans une mine ou sur une exploitation agricole. Toi, tu t'es choisi une nouvelle vocation de cultivateur et tu affiches une expérience que tu n'as pas. Tes mollets de poids coq t'ont servi et tu es embarqué à Kotzenau dans une ferme d'État, au nord de la Silésie, avec une trentaine de prisonniers issus de la Strafkompanie.

La complicité encore tacite des souffre-douleurs, isolés la nuit quand vous étiez au camp, peut s'exprimer désormais plus librement et, lorsque vous vous retrouvez dans la cour de ferme, attendant qu'on vous attribue les tâches du jour, de fortes camaraderies commencent à se nouer. Bien que tu aies vu de quelle trempe étaient façonnés les gars de la division punitive, tu ne leur révèles rien de ta judéité, car tu as décidé de passer la guerre sous ta nouvelle identité. Tu retrouves quelques-uns de ces forçats parmi les champs immenses et, si ta francité n'est pas questionnée, ta qualité d'ouvrier agricole ne fait pas longtemps illusion. Lorsque tu dois faucher les foins, tu coupes trop haut les herbes ou au contraire tu plantes ta faux dans la terre. Un de tes camarades te montre le bon geste et, non content de te traiter en apprenti, il s'amuse de votre pantomime champêtre, et te récite, pour rythmer le mouvement du corps, des phrases de Mme de Sévigné : « Savez-vous ce que c'est, faner ? Il faut que je vous l'explique : faner est la plus jolie chose du monde, c'est retourner du foin en batifolant dans une prairie ; dès qu'on en sait tant, on sait faner. » La châtelaine de Grignan n'aurait pas imaginé qu'un prisonnier déclamerait un jour ses lettres dans une ferme teutonne, mais cet ouvrier lettré aime accompagner les moments pénibles de citations et de pitreries. Beti, qui travaillait avant la guerre à l'arsenal de Nantes, s'est fait une réputation de fantaisiste qui arrive toujours en retard et blague à toute occasion. L'homme a pourtant résisté aux six semaines de la Strafkompanie et sa désinvolture à l'égard des tortionnaires vient surtout de son esprit libre et anarchiste. Il compose avec les pouvoirs, mais ne leur reconnaît aucune légitimité, et il trouve dans la littérature et l'humour des formes d'insoumission disponibles.

Bien que surveillés par des gardiens, les prisonniers forçats ont retrouvé une vie sociale et fréquentent des populations hétéroclites, mêlant des paysannes, des ouvriers allemands trop âgés pour combattre, et des civils polonais et ukrainiens réquisitionnés. Ce petit monde bine, sarcle, ensemence, arrose, récolte, et profite d'une nourriture décente, agrémentant ses pommes de terre et ses betteraves de quelques viandes, aux meilleurs jours. Les dirigeants de l'exploitation agricole sont logés dans le château du domaine et laissent aux prisonniers une relative liberté pour s'occuper pendant les nuits, une fois enfermés dans les bâtiments de ferme sur lesquels ont été scellés des barreaux. Le soir, dans les chambrées, des discussions politiques s'ébauchent entre les Français qui s'étaient mobilisés pendant le Front populaire et les communistes, fidèles à l'URSS, qui défendent le pacte germano-soviétique, expliquant aux réfractaires les raisons supérieures de Staline et Molotov. Cependant, ce qui rassemble tous les détenus est bien plus la musique et le théâtre, les uns improvisant des sketches, les autres de petits orchestres, grâce aux costumes et aux instruments que leur ont prêtés des paysans. Un ensemble musical s'est même constitué, avec deux banjos, un accordéon, un violon et une grosse caisse. Fort de son succès, il prend le nom de « Bouffes silésiens ». Toi, Philippe, tu t'es découvert des talents d'acteur grâce à Beti qui monte de petites pièces. Tu deviens même connu pour tes dons d'imitation et tu alternes des numéros comiques et des chansons de Trenet ou Chevalier. Ton morceau de bravoure est *Bei mir bist du schein*, un standard international avec lequel tu prends quelques risques, la chanson appartenant au répertoire yiddish. Mais la frustration sexuelle l'emportant, les auditeurs n'y entendent qu'une chanson d'amour et un appel au baiser. Tu la chantes à nouveau pour moi et ta voix fait surgir un monde ancien qui avait fui ton corps, au point que je peux t'imaginer, jeune et boute-en-train, comme tu ne l'avais jamais évoqué. Tu t'es levé, oubliant le magnétophone posé entre nous, et tu fais ton numéro de chanteur, avec une gaieté nostalgique. Lors de ces spectacles du camp, tu t'es tellement pris au jeu que Beti t'a donné un surnom et tout le monde t'appelle désormais Antostome le chansonnier montmartrois, dont on reconnaît l'entrée par le tournoiement d'un haut-de-forme au bout d'une canne. Tu prends goût aux changements de nom et tu jongles avec tes identités de comédie, sachant que la tragédie n'est jamais loin, et chaque soir tu t'étourdis dans un nouveau rôle, soutenu par les rires et les vivats du public.

Antostome s'étant fait une petite réputation, tu te produis sur d'autres scènes, car le groupe des prisonniers issus de la Strafkompanie est appelé à travailler le dimanche dans un kommando beaucoup plus important, à Jakobsdorf. Vous rejoignez des centaines de prisonniers français dans une usine organisée en immenses ateliers, réfectoires et dortoirs de cent personnes. Malgré le rythme de travail intense, la discipline y est plus relâchée que dans les camps de prisonniers, assurée par des gardiens qui cherchent là une planque pour éviter de partir sur le front de l'Est, depuis l'entrée en guerre de l'URSS. Comme à Kotzenau, les spectacles en soirée s'enchaînent sur des planches improvisées, devant un public plus nombreux, composé de travailleurs étrangers. La troupe théâtrale de Beti s'appelle les Folles Jacques, pour consonner avec Jakobsdorf, et un metteur en scène de Varsovie t'a repéré et veut te faire jouer dans ses propres pièces. Tu es heureux de cette nouvelle carrière qui se profile, toi qui n'as pris aucun cours d'art dramatique et n'as quasiment jamais fréquenté de théâtre, tu excelles à faire le comédien et te grises de ces nouveaux personnages qui te transportent loin de ce que tu es. Depuis ta capture par les Allemands lors de la débâcle, tu ne t'es jamais senti aussi bien, ou du moins tu n'es plus exclusivement préoccupé par ta survie. La vie matérielle s'arrange aussi grâce à l'économie parallèle qui s'est mise en place parmi les travailleurs et les prisonniers, faite de combines, de larcins et de trocs. Les uns piquent du lard, les autres un vêtement ou du papier. L'ordinaire s'améliore aussi grâce aux colis que certains reçoivent de leur famille et qu'ils partagent ou échangent, heureux d'obtenir, avec ces victuailles, des nouvelles de leur famille, sur les cartes de correspondance. Les prisonniers ont en effet le droit d'écrire au recto et de recevoir, après contrôle, une réponse au verso. Toi, évidemment, tu n'envoies rien.

Albert Noudelmann a disparu de la circulation des lettres et des actualités au point que ta femme et les tiens te croient mort, faute d'avoir obtenu la moindre information depuis plus d'un an. Inversement, toute missive de leur part te trahirait aux yeux des Allemands et tu ignores tout de leur vie sous l'Occupation, tu ne sais pas que ta mère a, elle aussi, changé de nom depuis l'armistice et la mise en œuvre des mesures anti-juives. Apprenant les lois du régime de Vichy sur la dénaturalisation, elle ne s'est pas sentie assez protégée par son statut de femme d'ancien combattant de 14-18, quand bien même le maréchal Pétain restait encore le héros de Verdun. Le recensement des Juifs, la séquestration de leurs biens et leur exclusion de toute l'administration française qui ont immédiatement suivi l'arrivée au pouvoir du maréchal l'ont conduite à cacher son identité et à prendre le nom de Genesti. Bien qu'elle ne s'intéresse pas à la politique, son bon sens élémentaire lui a suggéré que la Révolution nationale ne lui réserverait pas un bon sort. Sans nouvelles ni de son fils Albert ni de son mari Chaïm en train de mourir de faim dans un asile de province, elle aussi se retire des registres de l'état civil. Et sa belle-fille Huberte, ton épouse, a de son côté repris son nom de jeune fille, Bordes, par précaution. Il n'y a plus de Noudelmann et entre les nouveaux nommés, donc, plus aucune communication n'est possible.

Scrupuleux gardien d'un secret qui t'expose à la mort, tu es Philippe Garnier, ouvrier agricole autoproclamé, et l'on t'affecte alors dans un moulin à vent. Tu dois t'improviser meunier pour faire tourner la machine à moudre le grain, car l'énergie électrique est trop intermittente pour assurer seule la production de farine.

Le système n'est pas trop compliqué et tu t'adaptes si bien à ce nouveau métier qu'on t'appelle maintenant le Müller dans les villages environnants où tu déposes de lourds sacs de farine. Aussi comédien dans ce rôle que dans tes numéros sur les planches, tu donnes le change et noues des contacts avec la population qui apprécie tes efforts de prisonnier pour parler allemand – le yiddish de tes parents t'a sans doute aidé. Sympathique, ce *französische Müller* ! On te donne du pain, on discute avec toi, on te sourit. Tu assistes, dans les rues, aux défilés de la jeunesse nazie, des groupes de Hitlerjugend revêtus de chemises marron clair et de culottes courtes. Portant un foulard noué au cou par une bague, ils pourraient passer pour des scouts s'ils n'arboraient un brassard rouge et noir avec une croix gammée. Tous peignés à l'identique, la mèche en arrière et la raie sur le côté, ils hurlent joyeusement des « Heil » qui martèlent leurs pas cadencés. Voilà donc ce qui se fomentait déjà depuis des années en Allemagne, penses-tu, et tu te remémores le temps de l'inconscience, lorsque les Français ignoraient les menaces du IIIe Reich. L'aryanisation de l'Europe suivait son cours, avec ses recrues d'avenir qui croyaient dur comme fer à une nouvelle et saine humanité, nettoyée de ses impuretés. Des groupes de jeunes filles passent aussi dans les villages, en rang et arborant des drapeaux, répétant les « Heil » avec la fraîcheur aiguë des voix encore adolescentes. Ton regard s'attarde sur leurs chevelures, leurs boucles, leurs franges, leurs tresses, puis descend au-dessous des chemises blanches vers les jupes tombant à mi-mollet. Parfois elles arrivent en short, affairées à des exercices de gymnastique, dévoilant des jambes très blanches et musclées. Fasciné ou sidéré par ces chorégraphies champêtres, tu ne peux t'empêcher d'admirer ces belles créatures qui incarnent à la fois un ordre rayonnant et le pouvoir d'éliminer des êtres comme toi.

Ces jeunes femmes embrigadées que tu appelles des Hitlermädchen et qui appartiennent à la Bund Deutscher Mädel n'ont pas pour autant oublié les puissants désirs innervant leur éveil sexuel et certaines d'entre elles s'amusent à passer le soir devant les fenêtres des prisonniers. Elles rient et s'offusquent de leurs provocations, les hommes les plus excités n'hésitant pas à se déshabiller devant elles et à exhiber leur sexe. Cette petite pornographie carcérale les attire d'autant plus que ces mâles en rut demeurent séparés d'elles par des barreaux et qu'elles les observent comme des animaux sauvages encagés au zoo. Cependant toi, tu as une certaine expérience de la séduction, ayant longtemps fréquenté les bals des bords de Marne et, repérant certaines filles délurées, tu les abordes pendant le jour, lorsque tu les croises sur les chemins de campagne. Le climat chaud de l'été favorisant les rencontres, tu convaincs l'une d'elles, la cheffe de troupe, de te rendre visite au moulin. Une idylle improbable se noue alors entre cette Hitlermädchen, du nom d'Ursula, et toi, le prisonnier juif, en plein cœur de la Silésie, à deux cents kilomètres d'Auschwitz.

Les rendez-vous galants avec Ursula deviennent réguliers et l'ardente nazie retrouve chaque jour son petit Müller français au moulin, juste avant la tombée de la nuit. Tu approfondis ta connaissance de la langue amoureuse en allemand et te gargarises de *Liebe*, *Liebling*, *Liebchen*..., le langage des corps palliant généreusement le défaut de mots. Tu es plutôt flatté d'avoir conquis la cheffe, « la Führer », de ces jeunesses hitlériennes locales. Mais au-delà de la fierté, cette romance éclaire ta vie de prisonnier et te donne une raison de te lever le matin, dans l'attente de retrouver la toute jeune femme aux cheveux doux et blonds, et qui ne dédaigne pas un sol de paille pour recevoir les caresses de son amant. Après avoir sacrifié, pendant la journée, aux discours de propagande, avoir ordonné des roulements de tambour et des levers de drapeau, elle s'abandonne d'autant plus fiévreusement aux étreintes illégales avec un ennemi. Tu n'es pas le seul à vivre une aventure avec une Allemande et plusieurs prisonniers, profitant d'un relâchement de la surveillance, prennent le risque de rejoindre des femmes accueillantes, souvent des épouses dont les maris sont partis au front. De plus en plus téméraires, ils ont mis au point des stratagèmes pour sortir la nuit, ayant scié un barreau de fenêtre et gonflant leur lit avec des vêtements pour tromper la vigilance des surveillants. Ces amours illicites vous font pourtant courir un grand danger car un lieu de détention spécial, appelé la prison des étalons, attend les coupables qui, lorsqu'ils en réchappent, sortent en lambeaux. Mais soit par inconscience, soit parce qu'ils n'ont plus rien à perdre, les galants prisonniers n'écoutent que leur cœur ou leurs pulsions et font le mur tous les soirs. Tu n'es pas le dernier à te glisser entre les barreaux pour retrouver Ursula dans un grenier attenant. Vous n'êtes jamais rassasiés de faire l'amour, de vous découvrir davantage, et une jouissance supplémentaire s'empare de toi, le petit Juif, excité de coucher avec une responsable nazie. Heureusement pour toi, le manque d'expérience d'Ursula l'empêche de repérer la différence entre ton sexe et celui d'un Hitlerjugend. Tu me dis, avec le langage qui est le tien, le plaisir de repenser à cette « cheffe nazie suçant la bite d'un Juif ». Tu en rigoles encore.

La confiance que tu as gagnée auprès des Allemands locaux se confirme avec ton nouveau statut de *Vertrauensmann*, homme de confiance qui a le privilège de parler avec les Allemands et se voit confier des missions pour répartir les vêtements et distribuer des tâches. Connu des villageois et des gardiens pour ton entregent et ton aisance à parler leur langue, tu reprends un peu de contrôle sur ta vie et tu pourrais supporter cette situation en attendant la fin de la guerre. Depuis des mois, tu manges à ta faim, tu t'es constitué un réseau de relations, tu rends service à tes camarades, et tu fréquentes une femme, certes en cachette, mais régulière. Le soir, tu reviens dans les chambrées avec de la farine prélevée sur les sacs, ce qui te rend populaire auprès des prisonniers, en sus de tes talents d'acteur pour animer leurs soirées avant les rendez-vous libertins dans les granges. Cependant le propre de la guerre est d'imposer son tempo et ses bouleversements aux individus qui ne maîtrisent jamais le cours de la grande Histoire. Faute d'être aux commandes, les soldats, libres ou prisonniers, subissent l'arbitraire des manœuvres sans pouvoir les anticiper. Un mauvais signe t'annonce la fin de cette période paisible quand la meule broie l'un de tes doigts et que s'enraye la petite mécanique de ton existence précaire. Au milieu de l'année 1941, un ordre venu d'on ne sait où exige le remplacement du kommando français par un bataillon de Serbes récemment capturés dans les Balkans. Sans discussion, tu dois dire adieu à Ursula et vous vous promettez de vous revoir, même si vous savez un tel avenir improbable. Tu n'emportes d'elle aucun souvenir, ni mèche blonde ni insigne nazi, juste l'odeur de sa peau laiteuse mêlée à l'arôme du foin.

Les hommes de Kotzenau, corvéables à merci, sont renvoyés au camp de Sagan pour une nouvelle affectation dans les exploitations allemandes. Tu prends à nouveau garde d'éviter les anciens baraquements français, de peur d'être reconnu et dénoncé comme Juif. Les anciens de la Strafkompanie forment heureusement une équipe soudée, prête à casser la figure de ceux qui menacent l'un des leurs. Une solidarité entre délinquants, sur le mode des fraternités mafieuses, avec ses codes d'honneur, vous protège. Elle devient d'autant plus nécessaire qu'on vous destine à un kommando beaucoup plus éprouvant que celui des domaines agricoles, car vous êtes affectés à une usine de batteries d'accumulateurs. Là, vous redécouvrez votre condition de forçats. L'hygiène des bâtiments est atroce et les ouvriers travaillent dans la gadoue. Votre nourriture est réduite au minimum et vous souffrez de la faim. Obligés de transporter sans protection des seaux d'un acide qui vous détruit les mains, vous êtes condamnés à faire du soudage treize heures par jour. Cette atmosphère étouffante te rappelle les conditions de travail des usines Peugeot quand tu étais à peine adolescent. L'univers des machines encourage-t-il la saleté des corps et des esprits ? De fait, les gardiens allemands de ce complexe industriel se laissent aller à leurs mauvaises pulsions et ils cognent souvent les prisonniers, leur imposant une discipline qui dépasse les consignes de sécurité. Ils pratiquent des fouilles au corps en pleine journée, sans raison, ils giflent et donnent des coups de pied par plaisir. Des Allemandes travaillent aussi dans l'usine et participent aux agressions, portées surtout sur les parties sexuelles de leurs bêtes de somme. « On était agressés par des bonnes femmes complètement excitées : tu pataugeais dans la gadoue, avec dans chaque main une batterie que tu ne devais pas renverser sur toi car c'était de l'acide. Et pendant ce temps-là tu te faisais peloter, elles te mettaient la main au cul, elles te tripotaient les couilles. C'était archi-dégueulasse. » Les terres agricoles de Kotzenau sont devenues un lointain souvenir avec la douce Ursula et les fermiers bienveillants. Un sadisme contagieux règne dans cette usine d'électricité où les outrages alimentent l'énergie des maîtres, mâles et femelles. Ici les gardiens sont jeunes et leur humeur dépend des nouvelles qu'ils reçoivent des zones de combat : lors d'une victoire, ils se moquent de leurs prisonniers et les injurient en confirmant leur surpuissance ; lors de défaites, ils se vengent sur eux des revers subis et leur tapent dessus avec hargne. Sur le front de l'Est, la Wehrmacht a dû caler devant Moscou et Leningrad, et ici de nombreux esclaves, quelle que soit leur nationalité, ont eu les côtes cassées et les arcades sourcilières fracassées après ces annonces. Une haine collective et indistincte s'était déjà manifestée au début de la guerre lorsque les civils allemands crachaient au visage des ennemis captifs ou leur adressaient des gestes hostiles en les voyant passer en colonnes vers les camps. Elle dessine la courbe de température du traitement des prisonniers, dans l'ignorance volontaire des conventions internationales.

Les mines de sel sont la prochaine destination du groupe des Français qui savent combien les conditions de travail y relèvent du dernier degré de l'esclavage. Des mineurs polonais vous ont prévenus que vous risquiez d'y rester. De nouveau tu songes à t'évader. Tu en parles à Beti, l'anarchiste, et à Bertou, un paysan robuste et sensible que tu as vu demander les tâches les plus dures à l'usine pour soulager ses camarades. Comme lors de ta première évasion, il s'agit de sauver ta peau, plus que d'espérer parcourir les deux mille kilomètres qui vous séparent de la France. L'accroissement des sentinelles rend urgente la décision à prendre car bientôt vous serez trop surveillés pour espérer fuir. Beti a déjà une expérience de l'évasion et Bertou n'a pas peur de grand-chose. Toutefois, vous ne savez pas si la situation militaire en Pologne et en Allemagne est favorable à votre projet de quitter les terres silésiennes. Les conversations entre gardiens vous ont appris la forte résistance de l'Armée rouge, mais vous ignorez l'entrée en guerre des États-Unis du côté des Alliés. Tu n'as aucune conscience des massacres de Juifs par dizaines de milliers en Europe de l'Est, particulièrement en Ukraine et en Lituanie, et encore moins de la solution finale devenue industrielle grâce aux camps d'extermination qui fonctionnent désormais à plein régime juste à côté de vous. Cet été 1942, des centaines de milliers de Juifs, raflés dans toute l'Europe, y sont gazés puis brûlés. Tu ne sais pas que le 16 juillet, une immense rafle a lieu à Paris, et que le gouvernement de Vichy a mis à contribution les gendarmes français et les trains de la SNCF pour déporter les Juifs et leurs enfants. La France collabore depuis deux ans avec le régime nazi, mais les noms de Laval, Bousquet ou Darquier de Pellepoix te sont inconnus. Malgré cette ignorance d'une menace mortelle, et la confiance dans tes deux camarades, tu gardes encore tes origines secrètes. Votre objectif, simple et naïf, consiste à réintégrer un kommando agricole, à manger à votre faim et, peut-être, à retrouver quelques Mädchen, même si elles crient « Heil Hitler ».

Profitant d'un assoupissement des gardiens dans la chaleur de l'été, vous faussez compagnie à l'équipe des ouvriers, puis vous courez sur les sentiers, au hasard. Vous risquez de recevoir une rafale de mitraillette, mais une détermination absolue vous transporte. Beti trouve sa force dans une sorte d'ironie continuelle à l'égard de l'existence, qui l'immunise contre l'anxiété et la peur. Sans doute ce détachement demeure-t-il un vernis qui le protège des gouffres de la mélancolie, mais il a suffisamment de densité pour fixer une ligne de conduite. Et la culture livresque fournit à ce libertaire un répertoire de phrases qui mettent à distance ce qu'il vit, surtout dans les moments les plus douloureux. Il ne sombre jamais et transforme les situations subies en scènes de roman ou de comédie. Bertou, lui, n'a pas de telles ressources littéraires et connaît davantage la culture des champs, cependant il possède un savoir des cœurs et des âmes qui lui permet d'entrer dans les profondeurs sans se perdre. Il ressent plus qu'un autre les détresses et les joies, il les accompagne et les amortit avec sa carrure de boxeur. Il peut être aussi bien la tête de mule qui résiste que l'épaule généreuse qui console. Plus transparente, ta témérité à toi, Philippe, réside surtout dans l'instinct de survie que tu as développé depuis ton enfance, immergé dans une famille nombreuse sans père et gouverné par une mère aguerrie à la lutte en milieu hostile.

Tu as appris à ne compter que sur ta volonté, à prendre la tangente quand tu étouffes et à reconnaître les alliés sûrs. Votre trio d'évadés court donc sans direction, mais avec un égal désir de liberté, refusant de subir la loi du plus fort, quel qu'en soit le prix.

Prévenus contre les dangers de vous faire repérer par des villageois sur les routes, vous traversez les champs au hasard et découvrez une ligne de chemin de fer qui vous ouvre au moins une trace. Cette fois, vous avez pu vous délester de vos habits de *Kriegsgefangene* et les remplacer par des vêtements civils, retournant vos vestes pour les confectionner en blousons. L'afflux d'ouvriers civils venus des pays envahis par l'Allemagne vous aidera à dissimuler vos identités de prisonniers, espérez-vous. Cependant le hasard de votre fuite vous amène à rencontrer des Allemands que vous avez déjà croisés au kommando de travail et vous anticipez votre propre défaite dans l'arrivée de ces paysans qui vont vous dénoncer. Mais contre toute attente, ces gens ordinaires, que vous avez servis pour les récoltes, proposent de vous cacher. Bien qu'ils sachent ce qu'ils risquent en aidant des fugitifs, ces sujets du Reich vous donnent de la nourriture et des vêtements et vous hébergent toute une nuit. Le lendemain, au bout de quelques kilomètres, Beti, Bertou et toi, en file indienne, débouchez sur une gare et vous vous faufilez entre plusieurs trains à quai. Des Feldgendarmes rôdent et, dans l'urgence d'une décision à prendre, vous choisissez de monter dans un convoi plutôt que de marcher plus avant. Les wagons de marchandise offrent des recoins qui vous mettent à l'abri des regards. Après tout, ce moyen de transport vous semble une aubaine puisque vous cherchez à parcourir le plus de distance possible, loin de l'usine électrique. Malheureusement vous n'avez aucune idée de la direction que prendra ce train : vers l'est et l'Ukraine, le sud et la Tchécoslovaquie, le nord et la mer Baltique ? Aller vers l'ouest serait préférable, même si vous fonceriez alors au cœur du IIIe Reich. Le démarrage du convoi est un coup de dé car vous jouez votre destin sur un itinéraire aléatoire. En cette période de la guerre, le trafic ferroviaire bat son plein dans la région, et des dizaines de milliers de déportés sont dirigés vers le camp d'Auschwitz, voisin de votre kommando. Le train double ou croise peut-être des convois de Juifs qui seront pour la plupart exterminés dès leur arrivée. Vous êtes dans un vrai train de marchandise et, inquiets d'aller trop loin dans une mauvaise direction, vous préférez, après avoir roulé plusieurs heures, sauter du wagon lors d'un arrêt en gare. Entendant les portes s'ouvrir une à une, vous vous éclipsez rapidement et vous parlez allemand lorsque vous passez devant les maisons du village dont vous ne connaissez pas le nom.

Perdus au milieu de ces terres sombres et hostiles de Silésie, vous croyez en la chance et vous arrivez à vivre libres, couchant à la belle étoile dans les champs et vous ravitaillant grâce à des tickets d'approvisionnement, et même à un peu de monnaie que vous avez obtenue grâce à de menus trafics à l'usine. En deux ans de captivité, vous avez intégré les manières de parler, le placement du corps dans l'espace, la durée et l'intensité du regard typiques des Allemands que vous côtoyez, de sorte que vous n'éveillez plus la suspicion comme autrefois. Le fait de former un trio vous donne aussi l'assurance nécessaire quand vous rencontrez des situations périlleuses. Chacun sait compter sur les autres pour une manœuvre de diversion, voire pour faire le coup de poing. La nuit, vous dormez serrés les uns contre les autres, à portée de bras, au cas où il faudrait se réveiller brusquement et partir en douce. La joie d'être libres se mêle à l'inquiétude d'être découverts, mais le fait de partager le danger suffit à vaincre l'angoisse solitaire et renforce votre espoir d'y échapper. Beti, Bertou et toi échangez votre tabac, vous vous relayez pour veiller, vous avez peur et vous riez ensemble, vous rêvez d'un train express qui vous ramènera en France, ou d'une carriole avec des chevaux. Tu te souviens enfin que ton père a parcouru un trajet beaucoup plus long pour venir à Paris, avec une roulotte et une mule depuis la Lituanie. Vous imaginez la surprise que vous causerez à votre retour, l'un retrouvant ses parents, l'autre sa femme, le troisième se voyant plutôt flâner sur les quais de Seine. Mais quel chemin prendre, vous demandez-vous, considérant tous les pays inféodés au IIIe Reich alentour, la Slovaquie, la Hongrie, l'Autriche... sans oublier, observe Beti, que même Paris est devenu allemand ! Pourquoi ne pas tenter de rejoindre la Méditerranée et de prendre un bateau pour l'Afrique ou l'Amérique ? Vous voilà divaguant et conjecturant des vies étonnantes, installés au Tchad, voguant sur le fleuve Congo, faisant fortune à Chicago, ou bien coulant de beaux jours à Valparaíso.

Vos ambitions se fracassent brutalement lorsque au bout d'une semaine de vagabondage vous êtes repérés par des soldats allemands auprès desquels vos numéros pourtant bien rodés ne fonctionnent plus. Travailleurs civils ? *Schwachsinn* ! Des conneries ! Malgré le crépuscule, vous êtes démasqués, braqués et vous devez vous mettre à genoux. Vous repérez les uniformes militaires sans toutefois distinguer s'ils appartiennent à des officiers de la Wehrmacht ou de la SS. On vous embarque alors sans ménagement dans une caserne où vous devez vous déshabiller. Complètement nus, vous attendez debout dans une pièce sans fenêtres qui sent la sueur et l'acier, pendant que des voix de soudards traversent les parois. La sidération, la peur et une immense déception vous retiennent de communiquer entre vous. La nudité ajoute à votre mutisme. Enfin la porte s'ouvre et vous devez comparaître, un par un, devant un officier supérieur qui va éclaircir votre identité et décider de votre sort. Lorsque ton tour arrive, tu sais que tu cours un danger plus grand que les autres, à cause d'une menace incommensurable et inconnue de tes camarades. Tu voudrais mettre une main devant ton sexe, mais tu sens le ridicule de ce geste et tu te contentes de répondre aux questions : Qui êtes-vous ? Un français évadé. Comment vous appelez-vous ? Philippe Garnier. Expliquez votre parcours depuis que vous êtes en Allemagne ! Pendant que tu racontes les différents kommandos dans lesquels tu as travaillé, tu vois le regard de l'officier descendre vers le bas de ton ventre et s'y attarder. Tu continues ton récit, vantant tes mérites de bon ouvrier, d'homme de confiance, cependant tu ne penses plus qu'à ces yeux posés sur tes parties intimes et au stigmate de ton sexe, comme le nez au milieu de la figure, qui t'expose et t'inculpe d'office. Tu redoutes l'instant imminent où le nazi va te dire d'arrêter, va t'ordonner de cesser tes mensonges, va t'asséner le jugement final, parce qu'il ne sert à rien de savoir que tu as été un bon travailleur des fermes et des usines allemandes. Seule compte ton appartenance indubitable à la sous-humanité.

Les secondes durent des heures à cause de ce regard dont tu voudrais qu'il ne soit jamais interrompu par les mots qui vont sortir d'une bouche répartissant les sauvés et les damnés. Tu parles, tu parles, comme la conteuse des *Mille et Une Nuits*, ou comme un charmeur de serpent, car il te faut hypnotiser le regard, le faire sortir de la compréhension et de la verbalisation, l'amener à s'évanouir peu à peu afin qu'il se détourne de l'objet fixé, et qu'il ne s'en souvienne plus qu'à la manière d'un rêve, l'abandonnant au monde des images sans réalité. Lors d'un danger extrême, la pensée magique surgit et donne à croire que, par une intense concentration, la conscience a le pouvoir de modifier le réel. Alors tu dépenses une énergie folle pour maintenir la conversation. Un mot de cet officier en uniforme devant l'homme nu et tout va se terminer là, toutes les espérances, et même toute l'existence. Son regard est remonté, non par effacement mais après confirmation de ce qu'il a bien vu, et il se pose désormais sur tes yeux. Le ton est passé de la violence inquisitrice au dialogue désinvesti. Le visage du militaire demeure froid et bouge à peine lorsque soudain il t'enjoint de retrouver tes camarades. Que s'est-il passé pendant ces trois secondes au cours desquelles l'officier allemand a vu, enregistré, délibéré puis tacitement acquitté ? Après un moment d'angoisse pendant lequel tu t'es préparé à la condamnation et à la sélection qui te séparerait définitivement de Beti et Bertou, comme lors de ta première dénonciation par un camarade français, tu apprends que tu resteras avec eux. Vous rejoindrez une compagnie disciplinaire, la fameuse Strafkompanie dédiée à la punition des évadés. Dois-tu la vie à cet Allemand ? Devrais-tu le remercier de te laisser vivre ? Pourquoi cet homme a-t-il choisi de ne pas voir, ou de ne pas croire ce qu'il a vu, ou de ne pas obéir aux ordres et à la politique de l'uniforme qu'il porte ? Tu ne le sauras jamais.

Tu es presque heureux de rejoindre la compagnie punitive dans laquelle tu vas souffrir de nouveau le martyre, car tu viens d'échapper de très peu à la mort. De fait, tu retrouves la pelote, les humiliations, les coups, la disette. Bien que Beti, Bertou et toi soyez isolés, vous vous savez proches de quelques mètres et chacun dans sa cellule communique avec les autres par les ondes de votre solidarité silencieuse. Vous connaissez le rituel et, n'était la souffrance causée par la faim et les meurtrissures, vous vous prendriez pour des personnages qui attendent la fin d'une mauvaise pièce de théâtre. Après quelques semaines, on vous affecte à un nouveau kommando de travail dans une exploitation agricole qui cherche des bûcherons et des moissonneurs. Même si vous n'avez pas réussi à quitter la Silésie, même si vous avez payé cher votre évasion, vous avez gagné votre pari de ne plus moisir dans des usines insalubres ou des mines de sel. Vous fréquentez à nouveau des villageois et vous mangez presque bien, d'autant qu'un prisonnier pâtissier de votre chambrée s'occupe de la cuisine. L'heure n'est plus aux spéculations sur une fuite par la mer Méditerranée ou la Baltique et vous faites le dos rond, vous en remettant aux grands événements de la guerre pour espérer sortir de là.

Malgré ton passé de fugueur, tu recueilles encore la confiance des gardiens allemands, surtout grâce à ton parler et parce que tu connais les combines de leur administration. Une sociabilité insolite se crée entre les civils allemands des campagnes, les ouvriers agricoles et les prisonniers affectés aux champs. Des prêtres discutent avec des communistes, des Serbes avec des Français, des paysans avec des instituteurs, et tout un petit monde, certes précaire, t'encourage à te sédentariser, c'est-à-dire à ne plus penser à t'évader. Tu as du mal à admettre que déjà trois années ont passé depuis que tu es en Allemagne et si tu ajoutes les années de service dans l'armée, tu calcules que tu n'as pas vécu chez toi depuis cinq ans. Tu aurais besoin de soins pour ton oreille perdue lors du Blitzkrieg, mais il faudrait aller à l'infirmerie de Sagan et tu ne veux pas prendre trop de risques. Pourtant l'atmosphère a changé dans cet immense camp de prisonnier, sans doute parce que de longues habitudes y ont été prises par les Français, mieux traités que les autres grâce à la collaboration du régime de Vichy. Les sous-officiers, exemptés du devoir de travailler dans des kommandos, assurent l'administration avec les gradés allemands qu'ils soulagent face aux arrivées massives d'Ukrainiens, de Polonais et de Hollandais. Tu peux discuter librement avec eux lorsque tu viens, une fois par mois, chercher des vêtements pour ton kommando. Les gardiens ne recherchent quasiment plus les Juifs dans leurs rangs, d'abord parce qu'ils les ont déjà sélectionnés à leur arrivée en 1940, ensuite parce qu'ils n'imaginent pas qu'existent des Juifs soldats, et savent que cette race nuisible est déportée directement dans les camps d'extermination. Chargé du transport de matériel, tu récupères aussi les « colis Pétain », ces caisses envoyées par l'intendance française via la Croix-Rouge, remplies de saucisson, de fromage, de biscuits, de savon et de tabac.

À ton retour, les prisonniers, reconnaissants au gouvernement collaborateur qui pense à eux, se précipitent sur les marchandises et tu dois répartir le plus justement ces « cadeaux » du maréchal. Il n'y a souvent que trois chemises pour quinze hommes et tu dois les faire tourner entre eux, chacun en portant une par semaine et ayant l'obligation de l'entretenir au mieux pour le suivant. L'équité du répartiteur assure la bonne entente des bénéficiaires de cette manne vichyste, cependant une brebis galeuse suffit à détruire la camaraderie. Un des prisonniers estime avoir plus de droits que les autres et rend des chemises déchirées, revendique une double ration de tabac et conteste les distributions. Après plusieurs algarades, la contestation tourne au conflit de pouvoir et tu dois répondre à la provocation, ce qu'attendent avidement les ouvriers de la troupe, moins par souci de justice que pour le plaisir de voir la force triompher. Déterminé à maintenir l'ordre, tu te bats et tu obtiens le dessus. La fréquentation de la Strafkompanie t'a donné l'avantage, malgré ta petite taille, de résister aux coups et de ne jamais flancher. Grâce à cette victoire purement physique, digne d'un combat de voyous dans la rue, tu gagnes l'admiration et la dévotion de nombreux prisonniers. Tu es désormais le chef incontesté. Mais au lieu d'en tirer une jouissance narcissique, tu me confies avoir éprouvé un profond dégoût à l'égard de ces esprits serviles, toujours prêts à se soumettre au plus fort. La guerre a été aussi une « école de la vie », dis-tu, car elle t'a fait voir l'humanité nue et crue, et tu n'es pas vraiment devenu un humaniste après avoir compris ses logiques grégaires. Dans les situations exceptionnelles, le vernis social, si fragile, s'écaille, observes-tu, et les individus se révèlent lâches, menteurs, généreux ou courageux. Des gens qui n'étaient rien deviennent quelque chose, et d'autres, qui étaient quelque chose, se réduisent à rien. L'autorité virile acquise sur des êtres veules te renvoie au sens équivoque de tes fonctions, aux responsabilités que tu as prises pour administrer les tâches du kommando. N'es-tu pas toi aussi devenu un collaborateur en parlant allemand et en étant le délégué des gardiens pour assurer les livraisons du camp de Sagan ? Tout en éprouvant ces doutes, tu te rappelles que tu dois sauver ta peau, que tu es en danger plus que les autres et que tu ne peux compter que sur toi-même, seul, perdu au milieu de cette Europe devenue celle du IIIe Reich, et sans perspective de retrouver ta femme, ton quartier, tes amis dont tu n'as aucune nouvelle depuis trois ans.

Un hasard, tel qu'il s'en produit en temps de guerre et quand règne l'imprévisible, te procure toutefois l'occasion de communiquer avec Paris. Lors de ton voyage mensuel à Sagan pour recevoir les biscuits de Pétain, tu reconnais un sergent français issu, comme toi, du 129e régiment d'infanterie. Benamou, originaire d'Algérie, sympathise avec toi, son ancien camarade Albert, et comprend bien les raisons de ton changement de nom. Il se propose de t'aider en te fournissant un second numéro de matricule, ce qui te permet de reprendre provisoirement ta véritable identité et d'écrire à ta famille. Avec ta nouvelle plaque, tu peux obtenir des cartes au nom de Noudelmann et les adresser à ta femme et à ta mère, puisque tu ignores qu'elles ont, elles aussi, changé d'identité. Grâce à la dizaine de lignes autorisées, tu les informes que tu es toujours vivant, que tu penses à elles et que tu leur souhaites du courage, parce que tu ne saurais te référer à autre chose. Selon Benamou, le risque n'est pas trop grand car cette lettre passera avec quantité d'autres sans traçage du patronyme, la censure ne portant son attention que sur le contenu des messages. Six mois plus tard, tu reçois une réponse de ton épouse qui, malgré l'effacement du nom marital, récupère son courrier. Huberte te raconte qu'elle aussi va bien, en dépit des restrictions, elle se débrouille, dit-elle, et va parfois au cinéma. Elle ne t'écrit pas qu'elle attend impatiemment ton retour, mais toi, Albert ou Philippe, tu es heureux de savoir qu'elle s'en sort, et que la vie parisienne continue. Bien sûr, quand tu me parles de ce message, tu sais quelle était en fait la vie d'Huberte à ce moment-là, et tu as déjà dépassé, comme on dit, l'histoire de ton premier mariage. Cette lettre aurait pu être envoyée à n'importe quel prisonnier, tant le style en demeure anonyme, cependant, lorsque tu en prends connaissance, les mots comptent moins que l'écriture, la trace déposée de sa main, te prouvant que l'existence d'avant n'a pas disparu, ni ses affects, ses paysages et ses voix. Celle d'Huberte te revient malgré le ton impersonnel de la missive, et avec elle, soudain et par bouffées, l'odeur et les couleurs du marché Saint-Pierre.

Le temps passe dans le camp et tu ne me dis rien de tes deux dernières années de captivité, comme si tu ne voulais retenir de ta guerre que les événements saillants. Pourtant tu as dû connaître toute une gamme de sentiments, tu as été déprimé, tu as goûté de menus plaisirs, tu as eu des amitiés, des joies et des déceptions, tu as commis de mauvaises actions, tu as pleuré, tu as rêvé... Ou bien souhaites-tu donner une bonne image de toi à ton fils, car tous les enfants, même grands, aimeraient que leur père soit un héros ? Cela ne concorde pourtant pas avec ton éducation, éloignée de la symbolique paternelle, à moins que tu ne veuilles compenser la défaillance de ton père. Mais tu n'es pas du genre à parler librement de tes émotions. Je te soupçonne de considérer cela comme une faiblesse et, pire, interdite aux hommes. Lorsque tu le fais, tu maintiens une sorte de distance analytique, traitant de toi comme s'il s'agissait d'un autre prisonnier, la singularité devant se résoudre dans une généralité quasi anonyme. Peut-être la grande désillusion que tu as vécue avec la guerre t'a-t-elle prémuni à jamais de tout épanchement. Tes ultimes années en Silésie resteront sans parole, sans aveu, jusqu'au moment de l'évacuation du camp.

L'heure du retour n'aura pas été sonnée par les prisonniers frondeurs, mais elle gronde depuis l'Ouest et l'Est avec le débarquement des Américains en Normandie, et l'entrée de l'Armée rouge en Ukraine, en Roumanie, en Biélorussie et en Pologne. Les nouvelles circulent dans les kommandos qui sentent la fébrilité des gardiens et qui entendent les civils informés, en cachette, par les radios étrangères. Les Français captent parfois Radio-Vichy et apprennent que sur le front russe l'armée allemande encaisse les défaites et que les Soviétiques arriveront bientôt en Silésie. Le mot passe entre eux comme une mèche de dynamite : la quille est pour bientôt ! Une curieuse solidarité se crée en cet automne 1944 réunissant les captifs encore incertains de leur sort et les villageois allemands qui craignent les troupes ennemies. Les effectifs militaires diminuent autour de vous car tous les hommes valides sont réquisitionnés pour combattre au front, même les jeunes, dès quatorze ans. La peur devient sensible à mesure que le nombre de gardiens baisse, provoquant des réactions contradictoires, un resserrement de la discipline dans les camps, et un relâchement dans les petits villages. Après ces longs mois de labeur aux champs, tu t'es constitué un groupe d'une quinzaine de camarades qui discutent, presque à égalité, avec les habitants. Le désespoir a changé de côté, les maîtres confiant leurs misères à leurs serfs, et se désolant d'une guerre au fond inutile. Les esclaves libérés par les nouveaux vainqueurs, craignent-ils, deviendront les arbitres du traitement des vaincus. Plus empathiques à présent, et parfois généreux, ces fermiers, ferronniers et boulangers comptent sur le témoignage des prisonniers pour réclamer, si besoin, la clémence des Russes. De fait, l'Armée rouge a déjà pris position sur la Vistule, et Breslau, la ville proche, se prépare au pire. Une nouvelle collaboration se met alors en place, grâce aux villageois qui donnent ou échangent leurs produits, au profit cette fois des captifs qui stockent des vivres en prévision de leur retour en France. Les uns et les autres troquent du chocolat contre du lard, du tabac contre des vêtements, de la farine contre des conserves. En novembre arrive le grand froid, et les pantalons civils ou les vestes tchécoslovaques ont pris de la valeur, participant à l'inflation de cette économie improbable et solidaire. Les luges sont les plus prisées car elles serviront à transporter les vivres sur la neige qui commence à recouvrir la région.

Les signes d'une migration massive vers l'ouest apparaissent quand des colonnes de prisonniers, venant de l'est polonais, passent sur les routes, encadrées par des surveillants irascibles. Ces marches forcées te rappellent tes premiers jours de captivité, cinq ans auparavant, et ton calvaire pour aller à pied de Belgique en Allemagne. Mais cette fois le trajet en sens inverse dessine la possibilité du retour et tu as l'intuition de suivre, dans le bon sens, le parcours de ton père, dont tu ne sais pas encore qu'il est mort dans un asile de Gironde. Si Chaïm est venu avec une roulotte de Lituanie en France, toi Philippe tu devrais bien pouvoir faire la moitié du chemin avec une luge ! Accompagné d'un nouvel ami,

Théo Le Guelaff, tu collectes des plans de route et soutires des renseignements auprès des villageoises qui finissent par vous prévenir d'une évacuation imminente. De plus en plus de colonnes sillonnent les routes, composées de réfugiés allemands revenant des combats, de prisonniers ukrainiens et français dans un état lamentable après avoir marché des dizaines de kilomètres et subi le froid.

L'annonce du départ arrive enfin et, le 25 janvier 1945, tous les captifs du kommando se mettent en route avec leurs luges et leurs réserves de nourriture, canalisés par des gardiens, la mitraillette en bandoulière. Même si vous devez être incarcérés dans de nouveaux camps allemands, le cap vers l'ouest vous donne le sentiment de vous rapprocher de la France. Cependant la fin de l'odyssée ne se réalisera qu'au prix d'épreuves inhumaines dont la première est la résistance au gel, car la température est tombée à moins trente degrés. Dès le deuxième jour, des hommes calent et les soldats impitoyables leur assènent des coups de crosse pour les obliger d'avancer. Aidés par des camarades qui les traînent sur des luges, ils ne peuvent se reposer longtemps car, faute de bouger, leurs membres vont geler. Tous doivent fournir un effort titanesque, surtout la nuit, car ils sont sommés d'avancer sans trêve et n'ont la permission de s'arrêter que quelques heures. Malgré les bottes achetées aux villageois et les passe-montagnes qu'ils se sont confectionnés, les prisonniers perdent leurs sensations et agonisent à cause du froid. Une pellicule de gel vous colle au visage, recouvrant vos cils d'une croûte de glace, et vous continuez de marcher, hébétés, vous reconnaissant à peine dans la file des calots bleu blanc rouge. Étourdi, dans un état second, tu vois des mirages dans un ciel imprégné de lumières colorées, alors que la campagne demeure blafarde. La fatigue atteint un tel paroxysme qu'elle te rend ivre et provoque des illuminations célestes au point que tu ne sais plus si tu rêves, si tu meurs ou si l'horizon se transforme vraiment. « J'ai vu des lumières et des couleurs qui arrivaient de partout ! » Les prisonniers dorment debout, continuant de marcher, se soutenant presque instinctivement dès que l'un d'eux flanche. Il est impensable de laisser qui que ce soit s'écrouler, car la mort attend les exténués, soit par le froid glacial, soit par les tirs des SS qui suivent les colonnes à l'arrière et assurent leur « nettoyage ». Ils tuent les prisonniers invalides et les pillards qu'ils traquent au passage des maisons. Au fil des jours, les colonnes deviennent plus nombreuses et se concurrencent, les unes formées par des prisonniers, les autres par des civils, et d'autres encore par des convois militaires. Un bazar de corps et de matériel submerge les routes : charrettes à bras, roulottes, chevaux, familles avec des enfants, soldats en fuite se croisent et se doublent, montant le nouveau décor de la débâcle allemande. Tout ce monde doit sauter dans le fossé quand passe une unité militaire motorisée, hurlant sa priorité pour effectuer ce que les gradés appellent pudiquement un repli stratégique.

Au bout d'une semaine, Théo, toi et vos camarades, vous pressentez que vous allez crever dans la neige. La nuit, surtout, vous vous demandez si vous aurez la force de repartir après avoir dormi au milieu des champs, serrés les uns contre les autres pour ne pas geler. Certains ont perdu des doigts de pied à cause du froid. Vous pestez après votre destin, furieux de devoir mourir ainsi, alors que vous avez patienté cinq ans et que la victoire est si proche. Des sursauts de haine vous donnent parfois envie d'égorger les gardiens agressifs, mais cette révolte serait suicidaire. Vous vous concertez lors des pauses : tous d'accord pour quitter la colonne en douce, vous hésitez à rester cachés dans les environs, entre l'espoir que les Russes arrivent et la peur d'être liquidés par les SS qui ratissent les arrières. Fort de tes deux évasions passées, tu les convaincs de choisir une autre stratégie, consistant à marcher dans la bonne direction, vers l'ouest, pour feindre de suivre le mouvement de repli, et continuer ainsi de cheminer vers la France. Si vous êtes repérés, vous pourrez toujours dire que vous avez perdu votre colonne et que vous cherchez à la rattraper. Les moments de désordre ne manquent pas et, profitant d'une avancée en accordéon alors que la nuit est tombée, vous vous jetez ensemble dans le fossé. Un cafouillage de voitures qui s'embourbent a mobilisé l'attention des gardiens et vous attendez que leur colonne s'écoule définitivement, conscients du danger de mort si vous êtes surpris, et déterminés à fuir pour votre survie. Après le passage des derniers prisonniers, Théo part en éclaireur pour chercher, dans l'obscurité, un lieu où se protéger.

Ayant repéré un bâtiment de ferme, vous rampez dans un champ neigeux et vous glissez sous un appentis rempli de cages à lapins vides, vous blottissant tous les quinze comme une balle de feutre jusqu'à l'aube. Vous ne vous parlez quasiment plus et seul le contact des corps engourdis transmet entre vous la décision de rester ou partir. De très bonne heure, vous reprenez la marche, ralentie par l'un des vôtres, un forgeron du nord de la France, qui s'est cassé la cheville. Peu mobiles et incertains quant aux directions à suivre sur les petites routes de campagne, vous tombez sur des Feldgendarmes qui vous arrêtent aussitôt. Ton parler allemand étant devenu fluide et sans plus aucune trace d'intonations yiddish, tu déroules ton argument : votre petit groupe s'est égaré, vous voudriez retrouver au plus vite votre colonne car vous avez peur de l'Armée rouge. Compréhensifs, surtout à l'évocation du péril russe, les gendarmes vous laissent repartir, vous indiquant la route de Bautzen où vous pourrez rejoindre les autres prisonniers. Après de chaleureux remerciements, votre troupe suit l'itinéraire puis, dès le premier croisement, vous changez de direction. La bonne humeur revient parmi vous, contents du bon tour joué aux Allemands et libres à nouveau. Ce sentiment d'être autonomes vous redonne de la force et, malgré l'incertitude et la menace, vous préférez mourir dans cette course rebelle plutôt qu'en esclaves morts de froid.

Chaque étape ressemble à une victoire sur la fossoyeuse qui vous poursuit. Au bout d'une dizaine de kilomètres, vous arrivez dans un village désert, y détectant les traces d'un ancien kommando de prisonniers, avec des poêles et des châlits typiques de ces installations que vous avez fréquentées si longtemps qu'elles vous sont familières. Vous éprouvez un plaisir singulier à vous installer provisoirement dans ces bâtiments dont vous pouvez jouir sans surveillance. Vous pourriez presque vous sentir à la maison, tant vous connaissez leurs espaces, leur fonctionnement et même leurs odeurs. Il n'y reste quasiment plus de vivres, mais vous avez encore quelques conserves et vous préparez un repas « comme avant », protégés du vent glacial dans ces chambrées à barreaux, car vous n'avez pas songé à occuper les chambres des maîtres fermiers. L'humeur n'est certes pas si joyeuse qu'elle permettrait d'organiser un petit spectacle, numéro de chanson ou de mime, cependant vous avez l'impression de résider dans un lieu interlope, flottant, car vous vous savez désormais fugitifs, en sursis, pas encore libérés, goûtant une relative sérénité tout en sachant qu'il vous reste un terrible chemin à parcourir.

« Plus ça allait, plus c'était le bordel ! » : le jour suivant, vous recommencez votre marche et tombez sur des habitants qui pleurent, en panique, faisant leurs bagages et courant d'une maison à l'autre. Ils brûlent les portraits de Hitler sur le pas des portes, de peur que les Russes arrivent et se vengent de leur soutien au Führer. Le boucher du village vend de la viande au plus bas prix, bien qu'il n'y ait plus de tickets de ravitaillement, et il accepte tous les trocs. La débrouille devient la règle, et la fauche l'usage. À quinze, vous volez facilement le magasin de l'épicier en déroute et vous restaurez votre stock de provisions en paquets de riz et conserves de haricots. Le grand bazar ambiant est votre terrain favori, tant vous savez profiter du chaos pour détourner l'attention, choisir le bon moment et mener vos rapines. Tels des voleurs de grand chemin, vous avez acquis un savoir de la tromperie et une assurance qui permettent de braver tous les dangers. Lorsque vous apercevez des Feldgendarmes, plutôt que de vous carapater, vous allez au-devant d'eux et leur demandez de l'aide pour rejoindre votre colonne. Artistes du baratin, vous prétendez avoir aidé les civils en train de faire leurs paquets et vous vous attirez la bienveillance de ces policiers militaires, aussi redoutables pour chasser les déserteurs et les Juifs que ridicules avec leur collier de chien.

Une peur contagieuse et palpable s'est désormais répandue, dans toute la région, parmi les Allemands devant l'avancée des soldats russes dont ils espèrent tempérer le désir de vengeance en cajolant les prisonniers français. Ils vous délivrent des discours flatteurs, confirmant qu'ils vous ont toujours mieux aimés et mieux traités que les autres, notamment les Polonais, car une sorte de fraternité, prétendent-ils, les relient aux citoyens d'un pays aussi cultivé que la France, malgré le passif des guerres anciennes. D'ailleurs la Kollaboration n'en est-elle pas la preuve ? Ils comptent sur vous pour dire aux Russes que vous avez été choyés et pour les protéger de toute rétorsion. Ayant bien compris cette médiocre musique de la flatterie, votre groupe saisit l'avantage qu'il peut tirer d'une telle frayeur. Vous les rassurez, ou plutôt vous feignez la solidarité, leur affirmant que la guerre est finie et que chacun va rentrer dans son foyer. Vous obtenez en retour beaucoup de faveurs, de la nourriture, des vêtements chauds et une liberté de circuler où bon vous semble. Votre objectif demeure le même : filer vers l'ouest et atteindre la France, au rythme d'une dizaine de kilomètres quotidiens. Pendant un mois, vous errez de village en village, collectant des vivres et campant dans des logis de fortune, reprenant confiance bien que vous n'avanciez pas beaucoup. Ce manque d'un plan en bonne et due forme, d'un trajet et d'un calendrier bien définis, vous fait vivre une existence bohémienne, au cœur du désastre européen, et quelque peu hors champ, comme si vous étiez là et pas là, nomades et opportunistes, avec un but lointain et incertain.

De temps à autre, vous vous payez le luxe de choisir un endroit où déjeuner : à l'entrée d'un patelin et profitant de l'anxiété ambiante, vous demandez à recevoir un bon repas que vous obtenez au-delà de vos espérances. Les quinze ventres que vous êtes se répartissent chez les habitants et se font servir des mets roboratifs, viandes et vins au menu. De prisonniers esclaves, vous êtes devenus des protecteurs bichonnés. Quand un village se vide à cause d'un ordre d'évacuation, vous craignez de rester seuls sans la population hospitalière, car si les SS vous surprennent vous serez pris pour des pillards et exécutés. Du coup vous persuadez les autochtones, principalement des épouses ou des veuves avec leurs enfants, de rester en sécurité avec vous, chacun y gagnant un avantage, selon un équilibre instable de la peur. Les conversations s'engagent alors de plus en plus naturellement, comme s'il n'y avait jamais eu d'ennemis, ni de Français ni d'Allemands, tout juste des pauvres gens dont la vie a été gâchée par la guerre et à cause de décisions prises malgré eux. Une femme éduquée vous explique qu'elle a fui les bombardements de Cologne et s'est enfuie vers l'est, constatant qu'elle devrait maintenant faire le chemin inverse. Une autre, sa petite fille sous le bras, raconte qu'elle a fui les zones de combat en Autriche et ne sait plus où se réfugier. Chacun et chacune vadrouille au milieu des bombes allemandes, russes, anglaises, américaines et cherche des abris en attendant que cette folie cesse enfin. Les fugitifs, d'où qu'ils viennent, ressentent une commune incertitude et se rencontrent à la croisée de leurs déroutes. Sans difficultés, vous les Français, vous parvenez à dormir dans de vrais lits et, parfois, une femme vous rejoint la nuit. Cette douceur inespérée vous incitant à prolonger votre séjour dans ces havres éphémères, vous avez l'impression insensée de vivre de grandes vacances.

Le déferlement des troupes soviétiques marquant le pas, le front se stabilise toutefois et les Allemands se réorganisent. Dégrisé, votre groupe perd ses illusions en constatant le peu de chemin parcouru depuis la Silésie, à peine une centaine de kilomètres, c'est-à-dire encore dans l'est de l'Allemagne, loin de la France. Vous constatez rapidement ce changement de situation quand vous rencontrez de nouveau des Feldgendarmes et que vos bobards habituels ne fonctionnent plus. Deux de ces policiers militaires sont réquisitionnés pour vous emmener dans une caserne à Bautzen. Le temps est reparti en arrière et vous retrouvez alors votre condition de forçats, envoyés dans une usine, comme si le système n'avait pas bougé et que vous y rentriez après quelques semaines de congé. Par malchance, vous avez été séparés et le groupe n'existe plus, chacun devant désormais se sauver par ses propres moyens, tel un loup solitaire dans les interminables forêts alentour. Car vous cohabitez avec des prisonniers qui, eux, n'ont jamais bougé depuis le début de leur captivité et qui peinent à croire vos récits d'évadés impénitents. Théo et toi, vous avez réussi à rester ensemble, dans la même unité de travail, et vous guettez les occasions de fuir à nouveau – c'est devenu une manie ou une profession chez toi. Trois semaines après votre réincarcération, l'affolement a repris parmi les troupes allemandes, et leurs ordres d'évacuation annoncent de nouvelles marches. Experts en débandade, vous connaissez bien le scénario, et vous voyez avec plaisir des réfugiés allemands rapporter des nouvelles effroyables de l'Armée rouge. Sommés d'aller à la caserne pour y prendre les instructions des officiers, vous y attendez sagement quelques heures puis, observant un flottement dans la vigilance du poste de contrôle, vous trouvez le culot de passer devant la barrière ouverte et de saluer le gardien en allemand. Rassemblant tes talents de comédien, tu comptes vos pas cadencés d'une voix forte, « Ein, zwei, drei », vous sortez du camp comme si vous partiez en corvée pour, trois cents mètres plus loin, filer à l'anglaise.

Le printemps précoce, en ce mois de février 1945, a fait fondre les neiges et, les luges ayant perdu leur utilité, vous dérobez des landaus pour continuer votre voyage de retour. Vous réitérez vos tactiques et vos pantalonnades lorsque vous croisez des officiels et vous cherchez des refuges temporaires pour passer les nuits. Bien que vous ayez l'air de drôles de vagabonds avec vos poussettes, vous trouvez parfois un accueil inattendu, comme celui de Suisses allemands qui vous proposent de vous cacher en attendant la fin des combats. Sans l'avoir décidé, vous arrivez en Tchécoslovaquie et, ragaillardis par ce passage de frontière, vous volez des bicyclettes pour accélérer votre course vers la liberté, bien que les routes soient raides dans ces régions montagneuses. À l'instar des Silésiens et des Allemands, les Sudètes ne semblent pas mécontents d'avoir des prisonniers français avec eux, espérant eux aussi leurs témoignages pour adoucir l'agressivité des Russes. Leur langue allemande a de curieuses intonations, mais tu sais te faire comprendre et gagner la confiance des femmes, jouant sur le langage de la séduction. La plupart d'entre elles « n'avaient plus d'homme depuis cinq ans, elles étaient désespérées et pas mécontentes de voir des Français, avec leur prestige, si on peut dire, et elles nous soignaient bien ! » te rappelles-tu avec une pointe de nostalgie. Sur la route en direction du sud-ouest, Théo et toi faites des haltes qui vous permettent non seulement de trouver le gîte et le couvert, mais aussi d'écouter la radio et d'apprendre que les troupes alliées ont pénétré en Allemagne. Les reporters français racontent la beauté et la richesse des campagnes allemandes, et les attribuent aux millions d'esclaves qui les ont entretenues et cultivées pendant cinq ans. Ils annoncent que ces prisonniers odieusement exploités vont enfin pouvoir rejoindre leur patrie. Au moment où vous entendez ce message, vous êtes allongés sur des divans, chacun une femme sudète sur les genoux et un cigare aux lèvres. Elles vous bichonnent et sortent les meilleures bouteilles de vin blanc de leur réserve, vous recouvrant de caresses dans l'espoir de vous garder le plus longtemps possible. Vous savourez ainsi les derniers moments de votre « condition servile ».

À la fin du mois d'avril, Théo et toi finissez par gagner la ville de Karlsbad, une jolie station thermale avec des fontaines, des sources chaudes et une grande rivière sur les berges de laquelle jouent des enfants. Désireux de participer à cette innocence balnéaire, vous échangez vos vélos contre des maillots de bain et vous nagez dans l'eau douce de l'Eger. En bonne forme après avoir été nourris abondamment par les cuisinières du cru, vous avez oublié les atroces marches forcées qui vous avaient épuisés en Silésie. Dans ce cadre enchanteur, une merveilleuse nouvelle vous parvient le 8 mai : l'Allemagne a capitulé, la reddition est signée ! Hitler est mort, le IIIe Reich ne durera pas mille ans et vous allez pouvoir prendre un train pour Paris. Plusieurs Français se sont rassemblés dans la ville et fêtent la fin de la guerre, à grand renfort de vin et de chansons. On rit, on s'embrasse, on boit dans du cristal, on saute dans les bassins, le cauchemar est fini. Le bonheur est toutefois de courte durée car, à la surprise générale, des coups de canon résonnent et bientôt des avions lancent des bombes sur la population. Les anciens prisonniers découvrent alors qu'ils résident dans un secteur rempli de SS qui refusent de rendre les armes et que les Russes viennent bombarder les récalcitrants. Dans la panique, chacun tente de trouver un abri parmi les bâtisses impériales, les grands hôtels et les églises, mais des hommes et des femmes tombent dans les rues. Le lendemain, on ramasse les corps fauchés sur les places, parmi lesquels ceux de

Français dont la vie a été volée, malgré l'armistice, par l'absurdité d'un combat inutile. Théo et toi choisissez de rester quelques jours dans Karlsbad, planqués dans une cave, en attendant que les Russes prennent possession de la ville. Cependant rien ne bouge plus alentour et, au bout de trois jours, vous partez dans l'espoir, cette fois-ci, de trouver des Américains dont la rumeur dit qu'ils approchent.

Les nouvelles fusent, irrationnelles et contradictoires, et lorsque vous franchissez la rivière sur un pont endommagé, vous tombez sur une troupe russe, campée devant une passerelle. Vos calots bleu blanc rouge vous permettent de passer le barrage de fortune et vous criez : « Franssouski ! Franssouski ! » Aussitôt des soldats foncent vers vous, ils vous enlacent et vous appliquent des baisers sur la bouche. Avec une bruyante effusion, ils vous serrent dans leurs bras et vous font presque sauter en l'air, tant leur force paraît surhumaine. Ces hommes à la mine réjouie veulent célébrer une telle rencontre et ils vous emmènent dans la boulangerie d'un village voisin où ils font irruption, mitraillette en bandoulière. Sans ménagement, ils expulsent le boulanger et ses mitrons, puis ils demandent aux deux Français d'aller dans le fournil et de ramener autant de pains qu'ils le peuvent. « Franssouski ! Franssouski ! », chantent-ils en écho, lyriques et fraternels, prolongeant les vivats dans leur langue musicale. Ils improvisent un banquet sur l'herbe et communiquent avec de grandes frappes dans le dos, signifiant qu'ils adoptent ces petits Français et les prennent sous leur protection. Théo et toi, un peu estomaqués, vous vous dites qu'un jour vous irez faire un tour en Russie.

Vous reprenez la route tous ensemble puis, quelques heures plus tard, vous croisez d'autres soldats russes, mais d'une tout autre engeance, ou dans un autre état, car ceux-là sont ivres et agressifs. Ces épais moujiks – du moins as-tu le sentiment qu'ils appartiennent à cette catégorie – vous font déshabiller et vous volent vos ceintures et vos montres. Pas de discussion possible avec eux dont le langage est rudimentaire, se résumant à des vociférations et des gestes menaçants. Vous continuez donc votre voyage seuls, un peu plus légers, rincés par des bandits de grand chemin. Ces soldats ne font pas vraiment partie de l'Armée rouge régulière et ils ont été envoyés en éclaireurs, comme des bataillons de corps francs qui préparent le terrain, donnent des informations à l'arrière et commencent le nettoyage des villes ennemies. Ils évoluent par grappes autonomes et jouissent d'une totale impunité. De fait, la région est parsemée de ces militaires débridés qui recherchent le combat avec les SS. Vagabondant au hasard des routes tchèques, vous apercevez de nouveau une de ces troupes et vous ressentez la fâcheuse impression de tirer à pile ou face, ou plutôt de jouer à la roulette russe, tant vous ne savez de quel côté ira l'excès de la soldatesque. Vous vous faites braquer puis, derechef, le mot de « Franssouski » déclenche les embrassades et vous êtes embarqués sur une auto mitrailleuse. Les claques dans le dos reprennent à vous décrocher les poumons, et vous vous réjouissez d'avancer beaucoup plus vite, roulant au travers des villages avec l'assurance des vainqueurs.

La guerre serait-elle enfin terminée ? Lors des étapes de ravitaillement, vous éprouvez, malgré l'espoir, le malaise de ramer dans un monde chaotique, où les comportements peuvent dévisser en un instant et plonger les hommes dans le ventre du mal, loin de la paix annoncée. Les Russes entrent en effet dans les maisons en fracassant tout ce qui se trouve à leur portée, balarguant les affaires des habitants par la fenêtre, meubles, bibelots et postes de radio, pour le plaisir de détruire. Une sauvagerie s'empare d'eux, souvent excitée par les fioles de schnaps qui remplacent leur vodka natale. À cinq ou six, ils violent les femmes allemandes qu'ils trouvent sur leur passage, et parfois ils les étranglent. Ils pillent, ils avilissent, ils tuent. D'où vient cette furie ? D'une brutalité naturelle ou de la mémoire des combats ? Ces hommes venus de très loin ont traversé l'Ukraine, la Roumanie, la Hongrie et la Slovaquie. Peut-être se sont-ils battus depuis quatre ans pour sauver d'abord Leningrad, puis caler à Sébastopol, récupérer le Donbass et vaincre Budapest. Ils portent avec eux la mort et le désir de vengeance de plus de vingt millions de compatriotes, tués au combat ou dans les camps de prisonniers. Ils ont vu les milliers de villes dévastées par l'armée allemande et les populations civiles qui ont péri à cause de la faim, du froid, des viols de masse et des sévices inouïs commis par les soldats de la Wehrmacht. Il est possible qu'ils soient passés près de Kiev, à Babi Yar, où furent exécutés par balles une centaine de milliers de Soviétiques, de Juifs et de Tziganes, ou que, sur les chemins polonais, ils aient découvert les camps d'extermination, celui d'Auschwitz ayant été libéré quatre mois plus tôt par l'Armée rouge. Qu'ils aient subi, vu ou appris ces horreurs incommensurables, les soldats russes qui arrivent en tête de pont pour chasser les derniers SS ne sont pas disposés à respecter les lois de la guerre plus que leurs ennemis.

Le retour sain et sauf ne viendra plus d'une décision d'état-major, puisque la reddition a déjà été signée, mais il faudra le conquérir, comme on dit qu'il faut « gagner » la sortie. Théo et toi devez trouver l'issue du labyrinthe qui vous extraira de ce champ de bataille où les trompe-la-mort ne sont toujours pas résolus à baisser les armes. Vous en faites la cruelle expérience lorsqu'une contre-offensive allemande prend les Russes à revers et les oblige à se disperser. Une troupe d'avant-garde équipée de chars Panzer tente alors de rétablir ses positions et de protéger les Sudètes. Sans défense, vous êtes capturés par des SS qui vous conduisent dans un village proche. Vous y découvrez un décor macabre : des hommes et des femmes pendus sur les places, des traces de sang sur les murs et des cadavres frais à même le sol. Bien qu'une odeur pestilentielle règne dans certains recoins, les SS maintiennent ces dépouilles à la vue des habitants pour que perdure leur effroi. Ils ont accompli ces exécutions sommaires par mesure de rétorsion contre les villageois collaborateurs, traîtres au Reich parce qu'ils se sont soumis aux Alliés.

Dans les rues quasi désertes et silencieuses, où les pendus ont remplacé les drapeaux blancs résonnent les pas et les ordres des militaires qui imposent leur terreur paralysante. Vous commencez à ressentir une peur panique, au creux du ventre, devinant que votre tour va venir. De fait, les SS à bout de nerfs vous font agenouiller. Face à eux, le dialogue que vous teniez avec des Feldgendarmes semble impossible et vous cachez difficilement votre tremblement lorsque vous expliquez votre présence au milieu des Russes. Tu répètes que vous vous êtes perdus, que vous avez été embringués de force par les troupes soviétiques, mais les SS continuent de vous gueuler dessus méthodiquement avec une voix aussi glacée que le métal de leurs armes. Cherchant ton salut dans tous les mots germaniques à ta disposition, tu penses fugitivement que l'allemand est sans doute une des plus belles langues lorsqu'elle est lue par ses poètes et la plus laide du monde lorsqu'elle est hurlée par ses soldats. Brusquement les SS vous mettent un pistolet sur la tête, et ton esprit s'affole en tous sens. Une masse d'air explose dans ta poitrine et ton haleine s'emballe. « C'est trop con ! » protestes-tu intérieurement.

Mourir après avoir réussi à tenir cinq ans, à survivre à la Strafkompanie, aux gardiens des camps, au froid, à la faim, à l'ennui, au désespoir. Crever maintenant, alors que la paix a été déclarée ! C'est trop absurde, trop injuste, et pourtant une seconde suffira pour effacer même ces dernières plaintes et les noyer dans le sang de ta cervelle, sans personne pour recueillir la mémoire de ces deux Français anonymes, qui valent moins que des punaises des champs parmi les millions de morts de la guerre. La vie d'Albert Noudelmann, alias Philippe Garnier, va s'arrêter là et nul n'en connaîtra ni la fin tragique, ni les dernières années. Tu perçois très précisément le canon du pistolet sur ton crâne, froid, métallique. La sensation dure un instant infime car un déclic peut tout dissiper, sans que tu puisses l'anticiper ni le décompter, soumis au tempo arbitraire du bourreau. Mais elle s'éternise aussi, à cause de la tension extrême que tu imposes à ta conscience, comme si l'énergie dépensée pour rester lucide produisait des ondes qui bloquaient le doigt du SS sur la détente. Cela t'avait réussi lorsque tu étais nu face à l'interrogateur allemand. Le cercle du canon s'imprime sur ton cuir chevelu et dessine le trou qui va perforer ta tête. Une lutte à la vie à la mort s'engage entre le plein des nerfs et le vide de la perforation. L'éternité se loge au cœur de cet anneau qui marque ton crâne comme un tatouage indélébile. C'est fini, t'imagines-tu, et tu n'auras même pas eu le temps de repenser au meilleur de ton existence, ni à ceux que tu aimes. Trop tard. Et pourtant, la pression du canon se relâche soudain. Tu mets quelques secondes à comprendre, à admettre que tu ne seras pas exécuté, pas maintenant, à relâcher cette tension folle qui te donnait l'illusion de suspendre la balle. Tu retrouves les sensations de ton corps, ton tremblement, la transpiration entre ta peau et tes vêtements. Tu es vivant.

Pourquoi ne m'avais-tu jamais raconté cette histoire, et toute ton épopée dans la folie assassine de la guerre qui n'en finit pas avec la pulsion de mort ? Par pudeur ou par un désir impossible d'oublier le mal ? Ou voulais-tu protéger le secret de ces cinq années, pas si intime qu'il ne puisse tenir dans une vérité générale : l'humanité et sa propension au pire. Une capacité au mal, après quoi la chiennerie des chiens, ou la sauvagerie des bêtes sauvages paraissent les plus douces, voire souhaitables tant on peut encore en mesurer les limites, tandis que l'autre, qu'on ne peut nommer, est un abîme sans fin. Comment as-tu digéré cette révélation, comment as-tu repris pied, après la guerre, pour vivre avec une telle lucidité, croire à la carrière, aimer les loisirs, avoir un enfant ? Il te fallait garder silencieux ce secret plutôt que d'en faire un témoignage, parmi tant d'autres, qui se serait perdu dans la forêt des récits de prisonnier. Car si témoigner vise à transmettre une expérience, c'est aussi recouvrir avec des suaires de mots des traumatismes qui échapperont sans fin au langage. La parole que tu m'adresses enfin n'a pas vocation à se résoudre en sujet de roman ni en docte commentaire et soudain je me dis que sa seule transmission possible devrait être un long hurlement. Mais tu me délivres ton histoire, depuis la bouche du père jusqu'à l'oreille du fils, d'un ton à la fois neutre et énergique, m'offrant un récit partageable qui répare le pont entre ce que tu as vécu et ce que tu es devenu.

Théo et toi êtes demeurés abasourdis par le simulacre ou le suspens de votre exécution, reclus dans un cachot improvisé, ne sachant expliquer les mobiles des SS. Vous ne partagez même pas cette expérience entre vous, faute de mots et de souffle pour la dire. Et quand vous entendez que les combats reprennent au-dehors, comprenant que les Russes ont repris l'offensive, vous vous réjouissez à peine, ayant la conviction de retomber dans le ballottement interminable des fortunes et des infortunes. De fait, l'Armée rouge a conquis le territoire et, cette fois, des soldats disciplinés vous délivrent et vous emmènent avec leur troupe, plus rassurante que les brigades hystériques les ayant devancés. L'odyssée continue, rouge ou brune, avec ses guet-apens à chaque carrefour. Pour l'heure, ce sont les Soviétiques qui peuvent vous ramener au pays, même si de tels sauveurs ne vous rassurent pas toujours. Passant devant un garage, ils inspectent les voitures abandonnées par les Allemands en fuite et découvrent une Mercedes en état de marche. Les Russes vous proposent de la prendre, d'y planter un drapeau bleu blanc rouge et de filer vers la France. Ils arrêtent un convoi et réquisitionnent un camion-citerne pour faire le plein d'essence. Vous n'en croyez pas vos yeux, mais vous vous imaginez déjà faisant un pied de nez à l'Histoire et arrivant à Paris au volant d'une Mercedes ! Il vous reste toutefois un millier de kilomètres à parcourir, dont la traversée de l'Allemagne par Stuttgart où se trouve l'armée américaine. « Vive la France ! Partez ! » vous ont crié les Russes.

Au bout de quelques heures de route, vous recommencez à y croire et vous chantez à tue-tête, grisés par ce va-et-vient entre l'enfer et le paradis, le désastre et l'espoir, venant tout juste d'échapper à un tir à bout portant en pleine tête, et vous baladant à présent comme des nababs en vadrouille au cœur de l'Europe. Sans trop de surprise, car on finit par s'habituer même à l'inattendu lorsqu'il se répète avec tant d'excès, vous vous heurtez à un nouveau barrage russe où vous reconnaissez le type de brutes que vous avez déjà fréquentées : « On a fait cinquante bornes avec la vieille Mercedes et on s'est fait arrêter par d'autres types qui nous ont foutu des coups de pied dans le cul et qui nous l'ont fauchée. C'est extraordinaire, c'est même pas racontable », t'exclames-tu, tellement ce yoyo du destin entre la joie et l'angoisse vous a mis la tête à l'envers. Théo et toi, vous vous laissez dépouiller de la voiture et de vos vestes, d'autant plus docilement que vous repérez un autre Français menacé de mort par ces bandits parce qu'il refuse de leur donner sa bague de mariage. Le désordre règne une nouvelle fois dans les parages, car cette brigade a déniché une exploitation viticole et, après avoir malmené les viticulteurs, elle est entrée à grand fracas dans leur chai. Les soldats tirent à la mitraillette dans les fûts, provoquant une hémorragie de vinasse et de fortes émanations d'alcool. Bientôt ils marchent dans cinquante centimètres de vin répandu au sol, buvant à la gamelle, tombant par terre et s'abreuvant à même ce bassin noirâtre, souillé par la sueur et la poussière de leurs uniformes. Redoutant les effets de cette orgie, vous déguerpissez et trouvez de l'aide parmi d'autres soldats de la troupe enivrée qui vous donnent un cheval, en compensation de la Mercedes. C'est ainsi que vous terminez votre périple en Tchécoslovaquie, après y être arrivés en luge, les avoir troquées pour des landaus, avoir dérobé des vélos, poursuivi la route en voiture, pour finir à deux sur un cheval. Dans un village à la frontière allemande, vous apercevez de longs trains qui circulent, remplis et surmontés de grappes humaines accrochées aux wagons. Enfin, c'est le vrai retour, grâce à l'organisation administrative d'un rapatriement, n'était le conflit d'autorité entre les Alliés. Vous avez grimpé dans un convoi en formation, mais les Russes en refusent le départ. Parmi les prisonniers impatients, un Anglais demande à tout le monde de garder son sang-froid et il délibère toute la journée avec les gradés de l'Armée rouge pour leur faire admettre que ce train emporte des blessés et qu'il s'agit donc d'un convoi sanitaire.

Il vous a suffi de quelques kilomètres supplémentaires, une fois l'autorisation acquise, pour arriver en zone américaine. Là, vous découvrez une tout autre ambiance, accueillis par des soldats noirs qui vous tapent dans le ventre pour vous exprimer leur sympathie et qui vous distribuent des rations généreuses ainsi que des cigarettes blondes. Les blessés sont conduits par camion dans un aéroport où des avions vont les ramener rapidement en France, tandis que les autres Français, civils ou militaires, montent dans un convoi ferroviaire affrété pour eux. Au cours de leurs marches depuis les camps de prisonniers, certains ont collecté des objets lors de leurs étapes. Ils emportent des fauteuils, des postes de radio, des caisses de vin, des tableaux, comme s'ils déménageaient et préparaient une nouvelle installation, après un si long séjour à l'étranger. Parfois ils sont accompagnés par une femme allemande qu'ils font passer pour une ouvrière du STO. Le marchandage, le troc, le vol et les bagarres ont repris, malgré le soulagement d'un retour au pays. Théo et toi, vous n'avez plus rien à vous et, ne craignant pas qu'on vous détrousse, vous vous écroulez de fatigue dans ce train international, composé de vrais wagons et de banquettes presque confortables. Pendant tout le parcours à travers l'Allemagne vaincue, vous dormez d'un sommeil profond et sans rêve, comme si vous traversiez un immense tunnel. Vous n'entendez rien lors des arrêts en gare et ne voyez pas les files de soldats sur les routes de ce pays qui a fait régner la terreur en Europe pendant une dizaine d'années. Et lorsque vous vous réveillez enfin, vous sortez la tête par la fenêtre et vous découvrez une pancarte sur laquelle est indiqué : Metz.

« Retour en France », cette phrase toute simple, partageable par tous les voyageurs, sonne bizarrement et n'arrive pas à coller au réel, alors qu'elle devrait déclencher une explosion de joie. Il y a si longtemps pourtant que vous espériez la crier. Sans doute faudrait-il la décliner avec d'autres formules : retour à Paris, retour dans la patrie. Le mot France résonne différemment selon qu'il est prononcé depuis l'étranger ou à l'intérieur du pays. La lointaine patrie pour laquelle vous avez éprouvé une constante nostalgie, vous racontant vos souvenirs tout au long des soirées captives, cette patrie vous est à la fois familière et inconnue car vous savez que vous ne la retrouverez pas telle quelle, après cinq ans de guerre. Dans la gare de Metz, vous êtes canalisés par des militaires français qui vous font descendre du train pour passer un interrogatoire individuel et obtenir des papiers d'identité. Tu retrouves ton nom d'Albert Noudelmann et dois expliquer à Théo, à qui tu l'as toujours caché comme à tous tes camarades, qui tu es, un Juif. Ton ami avoue qu'il s'en était un peu douté, mais sans te dire pourquoi. La régularisation de votre vie a donc commencé, et vous recevez chacun mille francs, ce qui vous semble une coquette somme, correspondant aux deux tiers de votre salaire d'avant la guerre. Vous décidez aussitôt d'aller fêter cette reprise de la normalité, commandant une bouteille de vin et vous installant à la terrasse d'un café, ce qui, en soi, vous donne le sentiment d'être français et libres. Vous trinquez, vous vous grisez, vous souriez au temps qui vient, mais lorsque vous payez vous découvrez que votre somme d'argent a été presque toute engloutie dans l'addition. Prêts à rosser le cafetier qui vous a grugés, vous comprenez alors que l'argent n'a plus la même valeur qu'autrefois, et vous avez l'intuition que cette méprise n'est que le début d'une série de déconvenues, comme si vous débarquiez de la Lune et deviez vous habituer aux mœurs de nouveaux Terriens.

Malgré la fin de votre statut de prisonniers, Théo et toi, Philippe – car ton ami n'arrive pas à t'appeler autrement malgré la réintégration de ton identité –, vous ressentez un léger malaise devant ces nouveaux gradés français qui vous donnent des ordres, vous somment de vous mettre en ligne, puis en colonne par trois pour rejoindre le train. Vous rechignez à vous soumettre à la discipline des sous-officiers qui veulent commander et prétendent incarner une grande armée devant des hommes peu impressionnables, qui ont acquis une longue habitude de résistance à la loi du plus fort. Vous ne supportez plus les petits chefs et vous vous dites que, décidément, vous ne serez libres que lorsque vous sentirez l'odeur du métro parisien. Là se trouve le véritable air de la patrie ! Lorsque vous arrivez enfin à Paris, gare de l'Est, de nouvelles troupes d'accueil vous attendent sur le quai et vous ordonnent de vous mettre en rang. Des cordons vous empêchent de partir, vous êtes dirigés vers des représentants aux armées qui vous annoncent une fête pour les anciens combattants au Gaumont-Palace et vous indiquent des bureaux où remplir des formulaires. Théo et toi, vous vous regardez et, sans un mot, vous décidez de prendre la tangente une dernière fois. Vous sortez discrètement de la file, comme vous avez si bien appris à le faire et, quand deux policiers vous alpaguent et vous intiment l'ordre de rentrer dans le rang, vous les bousculez et vous leur criez « Merde ! » en vous enfuyant. Devenus rétifs à toute autorité, vous courez vers la bouche du métro et là, vous humez profondément le parfum tant attendu. Vous respirez la vraie liberté dans ce souterrain familier avec ses voûtes et ses bruits d'essieux. Ça y est, vous y êtes, vous êtes rentrés enfin, vous le sentez dans vos narines et vos poumons. Cette formidable bouffée du Paris que vous aimez signifie aussi, par force, le moment de la séparation. Vous riez et pleurez, entre l'allégresse et le désarroi, car ce que vous avez vécu à deux, aussi bien la descente aux enfers du nazisme que votre folle odyssée sur les terres d'Europe centrale, vous a rendus à jamais complices d'une mémoire impartageable. La certitude de détenir ce trésor commun vous aide à détacher vos corps, à diviser votre secrète communauté de sueur et de blessures, d'angoisses et de désirs. Théo va rejoindre sa famille en Bretagne, et vous vous promettez de vous retrouver, comme vous en avez fait le serment avec vos autres camarades le 25 janvier, lors de l'évacuation du camp, vous donnant rendez-vous un an plus tard, place de la Bastille, sous le génie de la Liberté. De fait, tu les retrouveras, et même Bertou, qui, lorsque tu lui rendras visite, disposera des fleurs tout au long de la route menant à sa ferme.

À partir de ce moment de ton récit, ta voix change, elle devient perméable aux affects, elle s'interrompt parfois et se laisse envahir par des souffles, des raclements de gorge. Quand tu dis « libre », j'entends l'émerveillement du retour, puis lorsque tu décris les retrouvailles, l'amertume et la gêne l'emportent. De retour à Paris, donc, tu es redevenu Albert et tu marches en direction du XVIIIe arrondissement, le territoire de ton enfance et de ta jeunesse. À rebours, tu comptes les jours, les mois et te remets en tête les dates du calendrier, après ces années de durée indéfinie, dont seules les saisons marquaient le déroulement. Parti depuis six ans, et sur la route depuis quatre mois, tu éprouves une sourde angoisse, ne sachant à quoi t'attendre lorsque tu sonnes à l'appartement de ton épouse, rue Duhesme. Les nouvelles du monde ne t'intéressent plus, même pas l'arrestation, ce jour-là, de tout l'état-major de la Wehrmacht. La porte s'ouvre et, au premier regard, le corps d'Huberte et le tien se rejoignent, s'ajointent plus ou moins, recherchant l'ancien moulage des amants, découvrant sous leurs doigts le changement des formes et des attitudes. Des sédiments de vies séparées se sont agglomérés dans vos chairs et s'interposent discrètement, alors que vous vous témoignez un amour de mari et femme, car il ne saurait en être autrement, et que vous touchez à même vos bustes la distance installée, de petites gênes et de menus espaces qui deviendraient des gouffres si vous deviez vous avouer la vérité. Heureuse que tu sois en vie et de retour à Paris, Huberte ne t'a pas sauté dans les bras, ne t'a pas embrassé comme une femme éperdue de bonheur qui voit l'être aimé ressusciter depuis l'abîme. Elle sourit largement, ses yeux brillent, elle prononce ton prénom avec gaieté, mais elle ne crie pas, elle ne pleure pas de joie. Tu comprends alors que c'est sans doute fini entre vous, que le pont entre vos vies ne sera jamais reconstruit, que le temps désuni est irrattrapable, sans reprise. Tu sens tout à coup que l'existence redevient sérieuse, c'est-à-dire ennuyeuse, avec la pesanteur des problèmes. Tu te dis : c'est la fin de l'aventure. Le quotidien est remonté de ses profondeurs et t'enlise comme un marais, te plombant les jambes. Huberte t'avoue qu'un homme l'a aidée pendant la guerre, lui a fourni des vivres, l'a protégée des tracasseries administratives, pendant tes longues années d'absence, quand elle t'a cru mort, n'ayant reçu qu'une carte tardive l'informant que tu étais encore prisonnier en Allemagne. Le bienfaiteur est devenu son amant.

Tu as trop de choses à raconter, alors tu ne parles pas. Tu aurais besoin de quelqu'un pour soigner tes blessures intérieures, mais Huberte ne sera pas ce médecin. Tu restes quelques semaines dans l'appartement commun, en attendant de régler votre divorce, sans passion, avec le goût amer d'un désœuvrement généralisé. Ta déception n'a pas la force du tragique, elle entérine le constat d'un décrochage plus général qui risque de durer, une sorte de désolation qui déteint jusque sur les immeubles de ton quartier. De fait, les rues ont beaucoup changé, comme les gens qui les fréquentent et leurs manières de s'habiller. Les jupes sont montées au genou, les tissus ont pris des couleurs, les hommes portent des cravates et les femmes arborent des chevelures sophistiquées. Des vitrines annoncent la mode d'été pour les vacances, et tu comprends avec stupéfaction que les Français, pendant la guerre, ont continué à partir à la mer et à faire du ski l'hiver. La vie s'est perpétuée ici, sans toi, et bien que tu réintègres tes paysages d'enfance, tu es désormais un étranger de l'intérieur, ces couleurs, ces cravates et même ces femmes ne sont pas pour toi. Tu es dans un décor de théâtre et tu doutes de ton propre personnage. Tu ne te reconnais plus, ni ta ville, ni toi-même. Les quatre étages de la rue du Ruisseau où tu es né ressemblent à une façade en stuc aux ornements désuets. Tu n'as pourtant pas pris racine sur les terres d'Europe centrale où tu viens de passer cinq années d'une existence servile, mais tes réactions, tes sentiments et tes pensées sont ceux d'un apatride, malgré ta nationalité et ton identité recouvrées. Tu ne cherches même pas à raccrocher ta vie au cours de ce qu'on va appeler l'après-guerre, et tu dédaignes jusqu'aux bons distribués aux anciens prisonniers, dédiés à l'achat d'un costume et de paquets de nourriture. Pour obtenir ces aides, il faut faire la queue et tu ne supportes plus d'attendre en file, préférant renoncer à tout bénéfice plutôt que de fréquenter les anciens combattants. Tu as pris en horreur la couleur kaki et le moindre uniforme provoque en toi un désir de fuite ou de combat. Privé de la fraternité de tes camarades du camp, tu abhorres la soldatesque, entraîné que tu es dans la spirale du dégoût de l'humanité, devenu peu à peu un asocial, une tête brûlée ou un anarchiste solitaire.

Le retour n'a suscité aucune retrouvaille, le fil de l'origine s'étant distendu pour toi, un homme sans feu ni lieu. Avec ta mère, l'impression d'étrangeté s'est confirmée, là encore dans un amalgame de liesse et de froide lucidité. Le corps maternel avait déjà perdu beaucoup de sa tendresse avant la guerre, et les années de séparation l'ont encore plus endurci, rendu étanche à tout abandon sentimental. Marie a échappé aux rafles en changeant de nom et en prenant un poste de concierge dans un immeuble où on la croyait italienne. Elle a louvoyé depuis mai 1940, coupée de ses anciennes relations et guettant le danger qui viendrait des voisins ou d'une incursion des policiers français. Elle a réussi à perdre son accent yiddish et te raconte toutes les misères endurées pendant l'Occupation, la solitude, le rationnement, les dénonciations. Incidemment, tu apprends la mort de ton père Chaïm, enterré dans une fosse commune du côté de Langon. Marie ne s'y attarde pas, comme s'il s'agissait d'un cousin éloigné, disparu depuis longtemps de la mémoire vivante. Toi, tu ne racontes quasiment rien à ta mère, seulement des détails géographiques sur tes lieux d'emprisonnement. Vos blessures ne se ressemblent pas et demeurent incommunicables, chacun de vous ayant connu des péripéties et subi des malheurs qui ne correspondent pas. Vos histoires singulières n'entrent même pas dans une partition commune dont vous pourriez associer les portées, ou qu'il suffirait de transposer pour les adapter à vos tessitures respectives. Le différend se révèle d'autant plus profond qu'il est exempt de discorde, et qu'il vous enlève jusqu'au souhait de former à nouveau une famille. À partir de cet instant, tu comprends que tu tairas pour toujours ce que tu as vécu pendant tes années allemandes, puisqu'il t'est impossible de le révéler à ta femme ni à ta mère.

Tu t'enquiers toutefois de tes frères et sœurs et tu découvres la réalité de la collaboration française avec le régime nazi, dont tu ignorais tout, informé dans les camps par la seule propagande pétainiste. Raymonde, dont le mari résistant est parti se cacher en zone libre avec leur fille, a travaillé dans une usine Maggi et fabriqué des yaourts et des soupes pendant toute l'Occupation. Dès qu'elle te revoit, elle te montre l'étoile jaune qu'elle a portée et qu'elle gardera toute sa vie comme souvenir de ce temps d'infamie. Elle te raconte les différentes façons de la cacher avec le bras, au risque d'être malmenée par la police, pour accéder aux zones interdites, telles que les salles de spectacle ou les cabines téléphoniques. Tu apprends ainsi l'exclusion systématique des Juifs français de l'armée, de la justice, de l'enseignement, de la médecine, du théâtre, du cinéma, de la musique, de la littérature, de la presse... et l'appropriation de leurs postes vacants par les autres Français, une fois qu'ils avaient certifié leur « non-appartenance à la race juive ». Dans son malheur, Raymonde, au moins, n'a pas vu ses biens et ses comptes bancaires réquisitionnés au nom de l'aryanisation de la société, car elle ne possédait rien. Elle t'explique qu'il lui faut du temps pour se réhabituer à marcher normalement dans les rues, sans raser les murs ni baisser la tête lorsqu'elle croise d'autres passants. De même, elle a encore besoin de résolution dans le métro pour monter dans un autre wagon que le dernier de la rame où les Juifs étaient relégués. Raymonde n'arrive pas non plus à raccorder les liens avec les autres membres de cette famille éclatée, un frère disparu sans donner de nouvelles, un autre ayant survécu, des cousins déportés et « partis en fumée », comme elle dit. Tu revois ensuite ta grande sœur Rachel qui a pu se cacher en zone libre, à La Bourboule, avec ses enfants et son mari suffisamment riche pour subvenir à leurs besoins. Une fois de plus, tu te demandes ce qui te relie à cette femme qui t'a pourtant choyé pendant ta petite enfance mais qui revendique fièrement sa judéité, comme si le monde se divisait, plus que jamais, entre vous les Juifs et les autres, les goyim persécuteurs. Comme si l'on pouvait encore croire au dieu des Juifs après ce qui vient de se passer. L'incompréhension s'installe définitivement lorsque son époux te déclare :

« Quelle chance tu as eue d'être en Allemagne pendant la guerre ! Si tu savais dans quel état d'esprit on se couchait le soir, sans savoir ce qui arriverait le lendemain ! » Une ligne de démarcation perdurera longtemps malgré la paix, séparant les expériences vécues et empêchant que se reforme une famille aux destins si clivés.

Ta dissidence intérieure et ton insidieux mutisme redoublent à mesure qu'arrivent à Paris les rescapés des camps de concentration et avec eux la connaissance du système d'extermination qui fut mis en place dans toute l'Europe, de la France à l'Ukraine. Quelle serait ton odieuse indécence si tu parlais de tes aventures alors que l'hôtel Lutétia se remplit de cadavres ambulants ! Clamerais-tu gaiement ta chance d'avoir échappé à l'horreur, aux usines de mort qui fonctionnaient à deux heures de train des kommandos où tu travaillais ? Tu éprouves la honte de n'avoir pas crevé de faim, d'être revenu sain et sauf en France, de n'avoir perdu qu'une oreille quand des millions d'hommes, femmes et enfants ont été gazés et brûlés. Pourquoi toi ? Par quel hasard ? Tu décides alors de te taire et de ne jamais raconter ta guerre, tu ne commenteras pas l'extermination des Juifs d'Europe, tu seras une tombe. Le silence ou le cri sont les seules réactions appropriées à ce que les mots articulés ne peuvent que trahir. D'ailleurs, même les rescapés qui voudraient témoigner restent inaudibles, leur histoire demeure irracontable et, de surcroît, personne ne souhaite l'écouter. Les Français ont de nouvelles préoccupations : l'obtention des tickets de rationnement et la remise au travail du pays. N'as-tu pas toi aussi besoin de penser à autre chose qu'au passé ? Par réflexe de survie, tu dois te protéger pour effacer l'angoisse de la mort et refouler le désespoir. Tu tentes de ne retenir que les moments « plaisants » de ces cinq années qui ne peuvent se résumer à du temps gâché. Pour lutter contre tes insomnies, tu prononces les noms de Beti, Ursula, Théo, tu égrènes les souvenirs d'amitié, de théâtre, de chansons. *Bei mir bist du schein*. Tu veux priver l'ennemi vaincu de son ultime victoire, celle d'avoir causé d'irréparables traumatismes sur ses victimes.

Cependant la mélancolie ne disparaît pas avec des comptines. Tu marches dans Paris libéré, bien que tu ne te sentes pas affranchi de tes années de captivité. Les façades sont encore pavoisées de drapeaux français, restes des fêtes du 8 mai, et l'on s'apprête à célébrer le premier anniversaire du débarquement américain. De Gaulle a remplacé Pétain dans le cœur des Français. Sur les quais, tu rencontres deux gamins miséreux qui campent et avec lesquels tu engages la conversation. Eux aussi viennent du XVIIIe arrondissement, mais ils ont passé la guerre cachés dans une ferme de la Drôme. Revenus à Paris cinq ans après, ils ont appris la mort de leurs père et mère déportés par les gendarmes français, et ils viennent d'être rejetés par les nouveaux occupants de l'appartement et du magasin de leurs parents. Encore adolescents, Schije et Henri

Friedmann dorment maintenant sous les ponts et survivent de mendicité. Le deuxième entrera plus tard dans ta famille. Tu te reconnais alors en eux, car même s'ils ont échappé à l'extermination, ce moment du retour est sans doute le pire de leur existence. Tu mesures peu à peu ce qu'a été la « collaboration » de l'État français avec le IIIe Reich, depuis son administration jusqu'à sa vie quotidienne. Tu apprends les noms de Drancy, Beaune-la-Rolande et Pithiviers. Décidément le retour à la mère patrie ne ressemble pas à l'euphorie que tu avais imaginée lorsque tu en rêvais depuis les camps de Silésie, sur ton lit de ferraille ou au milieu des champs de rutabagas.

Peut-être l'attente fut-elle trop longue pour que tu retrouves un bonheur perdu. Plus que la fin de ton foyer, l'érosion du souvenir a effacé la promesse du retour à la normale. La captivité a tant duré que tu ne croyais plus pouvoir regagner la France et, quand l'espoir s'est soudain réalisé, il t'a déçu. À force d'attendre, quelque chose s'est dissipé qui a privé le moment et le lieu désirés de leur magie. Les souvenirs de jeunesse se sont dilués dans la vie des camps, même si elle fut une non-vie, un esclavage interminable. Les épreuves ont été trop dures et ont démasqué des zones humaines trop infréquentables pour que l'existence reprenne telle quelle et qu'elle en vaille vraiment la peine. Toute cette souffrance, toute cette attente... c'était donc pour ça, seulement ça ? Pour ce train-train quotidien, cette répétition de la vie d'autrefois ? Il est impossible de vivre comme avant, comme si rien ne s'était passé, comme si on allait effacer l'ardoise et se dire : c'était juste une mauvaise parenthèse et tout va recommencer. Et si la vraie vie, au contraire, c'était le chaos, la guerre, la mort et la joie à chaque coin de rue, le côtoiement au plus étroit de la fraternité et de la haine, de la soumission et de la transgression ? La liberté tant célébrée n'existe qu'au péril de l'existence, telle est la leçon apprise par les forçats de la guerre. Être libre ne se résume pas à se demander, comme les Parisiens pendant l'Occupation, si on ira voir la dernière exposition d'Arno Breker, la dernière pièce de Montherlant ou le dernier film de Jean Delannoy. Ni à décider si on va regarder ou faire semblant de ne pas voir les personnes qui portent une étoile jaune dans la rue. Ni à choisir si on va enseigner au lycée, travailler à Radio-Vichy, ou réparer les voies de chemin de fer détruites par les résistants. Non, la liberté radicale, telle que tu l'as vécue, n'a rien à voir avec ces tergiversations. Plier ou se révolter, se brûler ou se noyer, tout laisser, choisir l'inconnu, risquer sa peau sur un coup de dé, voilà ce qu'elle signifie pour toi qui ne te sens plus ni français, ni juif, tout au plus un individu sans attache, au passé sans partage et à l'avenir sans horizon.

Tu n'es plus récupérable, plus réinsérable. Tu ne veux plus reprendre parole avec ceux qui ne connaissent ni la galère des camps de travail, ni la honte des survivants, ni le dégoût de la société renaissante. Tu n'as plus ta place nulle part, marginalisé, étranger dans ta propre ville. Souffres-tu d'un syndrome du retour de guerre ? Ou répètes-tu une tare familiale ? Chaïm, ton père, ne s'est jamais remis d'aplomb après son retour de la Première Guerre mondiale et il a dérivé jusqu'à décrocher complètement de la société des gens résilients. Certes le gaz moutarde avait endommagé ses poumons et sa tête, et il a perdu la raison, peut-être à cause de la bombe, peut-être par un choix non déclaré de se soustraire au monde. Plus désespérés encore que les poilus de 14-18 qui croyaient faire la « der des ders », ceux de la Seconde Guerre mondiale ont su dès le départ qu'ils y allaient pour rien, et qu'une autre guerre recommencerait bientôt. Tu es revenu avec une oreille en moins, et un cafard sans doute aussi grand que celui de ton père. De Chaïm à toi, il n'y eut presque pas de mots, seulement des gestes, sans doute des caresses, pas de message, mais une volonté commune d'être français qui s'est cognée contre une digue, là où le réel ne correspond plus au désir et lui explose à la face. Les désespoirs se comparent-ils ? Sans doute pas, et chacun fréquente le gouffre à sa façon. Tu doutes de pouvoir remonter, reprendre, repartir, revivre tout simplement. Un psychiatre pourrait te considérer mélancolique, cependant tu ne pleures pas la mort d'un proche et un sentiment presque inverse s'empare de toi, bizarre et inavouable, comme une nostalgie de ces terribles années de guerre. Tu regretterais presque de ne plus vivre le danger perpétuel, la folie de l'évasion, la terreur de la mise à mort, l'exaltation fraternelle, les amours improbables à la croisée des chemins. Tu accepterais tout, plutôt que l'existence ordinaire, régulière et prévisible de ce qu'on appelle « la Libération ». Dans le chaos de la guerre, au moins, chaque seconde valait la peine d'être vécue.

Tu t'es détaché, insensiblement, de tout ce qui te reliait à ton pays, ton quartier, ton milieu, ta famille, et peut-être de l'existence même avec laquelle tu entretiens désormais une relation douteuse. Rien ne t'arrime plus, tu flottes, tu surnages. « À ce moment-là, je me suis juré de ne jamais avoir d'enfant, de ne rien laisser sur cette terre. » La France et ses problèmes de l'après-guerre ne t'intéressent pas. D'ailleurs tu entends moins, on te l'a dit au dispensaire militaire : tu as perdu la moitié de ton audition, et il faut t'appareiller. Tu entres peu à peu dans une surdité mi-subie mi-volontaire. Ton oreille encore valide se ferme elle aussi. Tu n'as plus envie d'écouter. Moralement, tu es détruit. Politiquement, tu n'as plus aucun espoir. Une association juive te parle de la Palestine et des rescapés qui vont quitter le pays où ils ont tout perdu pour trouver un foyer plus sûr. Mais pas plus qu'avant la guerre tu n'es attiré par le sionisme, car au fond tu ne ressens pas un lien assez fort avec la communauté des victimes. Et lorsqu'on t'explique, précisément, que les Juifs pourraient échapper à l'antisémitisme et affirmer enfin leur souveraineté sur un territoire, sans plus dépendre d'un Pharaon ni d'un dictateur, tu résistes à cette nouvelle image du Juif fort, conquérant et fier. Sans goût pour le martyre ni pour l'héroïsme, tu espères qu'un tel refuge sera créé, cependant tu n'as pas envie de vivre uniquement avec des Juifs. Et dès que tu vois se lever le moindre étendard, tu fuis. Ta judéité consiste plutôt en un partage d'affinités, de « sensibilité », comme on dit alors. Tu es ému par les chants hébraïques, même si les rabbins t'insupportent. Mais tu aimes autant les pieds de porc que le *gehakte leber*. Tu choisis l'universel, sans savoir exactement ce que c'est, l'homme abstrait te semblant préférable à ses incarnations concrètes. Tu restes sans doute partagé entre la reconnaissance d'un esprit juif et la volonté de le faire oublier. Tu sais d'où tu viens, sans honte ni fierté, tout en veillant à ne pas réveiller la bête antisémite si l'on parle trop des Juifs. En écho à cette ambivalence, tu décides de te faire appeler par ton nouveau prénom, Philippe, qui sonne plus français qu'Albert, bien que tu gardes ton nom de famille, « Noudelman », supprimant un *n* final car il y a trop de haine contre les noms juifs. La seule énergie qui te tienne debout est le désir des femmes. Tu veux rattraper le temps perdu et tu deviens un chasseur, sans illusion aucune sur l'amour, accumulant les conquêtes d'un jour ou d'une nuit, rarement plus. Tu vas brûler ta vie et ne demandes pas qu'on te comprenne. D'ailleurs tu es devenu incompréhensible.

Ton témoignage s'arrête là, telle une confidence tardive, une parenthèse vite refermée, transmise à ton fils, comme une maladie de l'âme dont tu aurais guéri. Ce qui précède tes années de guerre s'est évanoui avec une enfance fugitive et une famille dispersée, entre cendres et survivances. Ce qui vient ensuite relève d'un parcours ordinaire qui se confond avec celui d'une époque de croissance et de relative ascension sociale, l'ancien ouvrier de Peugeot accédant à la petite bourgeoisie du commerce. Au sortir de la guerre, tu es disponible à tout type de travail, et tu acceptes de sillonner la France pour monter des magasins de tissus. Tu te « relances » ainsi, déraciné et itinérant, flirtant avec le cynisme et la détresse. Mais on ne décide pas tout seul du désespoir ou du bonheur, et tu te réconcilieras avec la vie grâce à une passion amoureuse pour une femme qui deviendra ma mère. La suite ne relève plus ni d'un récit ni d'une réflexion sur l'identité d'un Juif français de seconde génération. Les péripéties de la vie familiale et du métier y ressemblent à celles de tous les hommes qui ont aimé, se sont mariés plusieurs fois, ont eu des succès et des échecs professionnels. Ceux qui te côtoyèrent, Philippe, ignorant ton ancien prénom, pendant les décennies qu'on appellera les Trente Glorieuses, ne se sont jamais douté que toi, l'homme si affable, généreux et rassurant, taisais des souvenirs de guerre qui ne se résumaient pas aux pénuries de beurre et au marché noir. On ne t'a sans doute jamais demandé d'en parler, et l'aurait-on fait que tu aurais esquivé la réponse. Tu aurais tout au plus concédé une vérité générale, acquise depuis ton expérience, selon laquelle la vie ne compte pas beaucoup et qu'il faut savoir la mettre en jeu.

Un 16 juillet, tu pointas le canon d'un pistolet à grenaille sur ta tempe et tu tiras. Tu avais mûri secrètement ce projet de mort volontaire depuis un an au moins, bien que tu n'aies souffert d'aucune maladie physique. Les raisons d'un suicide demeurent toujours obscures, quand bien même elles sont revendiquées, ce qui ne fut pas le cas. Que le jour choisi soit la date anniversaire de la rafle du Vél'd'Hiv est peut-être un hasard, peut-être pas. Selon ta volonté, il n'y eut pas de kaddish pour accompagner ton départ et tu fus incinéré. Tu avais souhaité qu'on dispersât tes cendres dans une rivière du Limousin dont tu aimais sans doute les méandres parmi les châtaigniers. Le cadavre de Chaïm ton père s'était décomposé dans les terres girondines, Albert devenu Philippe se dissiperait parmi les ruisseaux du Massif central. Il me revint de tenir ton urne, si brûlante que j'eus l'impression de perdre la peau et les empreintes de mes mains, puis de verser la poudre de ton corps calciné dans le clapotis d'une eau grise qui t'emporta.

III

La manière dont nos parents sont morts modifie-t-elle notre rapport à eux ? L'adieu est rarement doux, mais parfois nous pouvons nous préparer à l'idée de la séparation, lors d'une maladie ou quand la vieillesse s'attarde. En revanche le suicide tranche net, comme une guillotine, entre la vie et la mort. À moins d'être « accompagné », il prend les autres par surprise, redoublant la stupeur de la perte par l'effroi du geste volontaire. Il y a un avant et un après, sans transition, ni même d'explication car les motivations déclarées, si elles existent, ne résoudront jamais l'énigme. La cause de la mort, parce qu'elle dépasse les faits objectifs, plonge les survivants dans l'abîme, peut-être parce qu'elle leur signale à eux aussi la possibilité de mettre fin à leur existence. Le constat d'un suicide par balle, par pendaison, par noyade ou défenestration n'équivaut pas à celui d'une mort due à un cancer ou un accident de la route. Une amie bien intentionnée, mais qui n'avait jamais vu de cadavres, me dit à propos de mon père : le suicide au pistolet, c'est la classe ! La typologie des morts volontaires protège sans doute des angoisses qu'elles provoquent. Faute d'un au revoir qui me fût destiné, je reste orphelin du message de cette mort. Je lui ai longtemps tourné le dos avant de réfléchir au défaut de transmission, dans ma lignée, des pères à leurs fils. Refusant d'hériter du moindre bien qui me rappellerait le corps paternel, je ne revins jamais sur ses traces, son absence de tombe facilitant le détachement de tout lieu. Il m'a fallu la mémoire de son propre père pour le retrouver, et tenter de comprendre ce que *succéder* veut dire, si cette notion est maintenue.

Entre Chaïm et Albert un récit a bégayé, celui de l'assimilation des Juifs, le fils oubliant son père et poursuivant un même désir de fuir ses origines et de s'incorporer à la France, quitte à recevoir son passé en pleine face, comme un boomerang. La superposition de leurs histoires, l'une sans parole, l'autre confiée, redouble le paradoxe des vies tragiques, le destin se réalisant par le souhait d'y échapper. Mais de Chaïm et d'Albert à moi, que s'est-il transmis de leur judéité et de leur francité ? En décidant d'exhumer le premier de la fosse commune de Cadillac, en écrivant la confidence du second sur ses cinq années allemandes, j'ai l'intuition qu'être français doit à leurs souffrances et désillusions. Pourtant nos vies demeurent incomparables car je n'ai connu ni la guerre ni la relégation. Né en France, n'ayant jamais été menacé, je ne saurais porter ni revendiquer cette mémoire sans imposture. Les enfants de naufragés et de rescapés s'octroient parfois un titre à bon compte, tant le prestige victimaire est devenu prisé en ces temps de contrition et de réparation. La remontée dans le passé traumatique des familles, des groupes ou des « races » encourage chacun à se définir comme « descendant », au point que les individus s'érigent en représentants de générations qui remontent à plusieurs siècles. Les handicaps sont hérités, certes, quand ils touchent des familles immigrées ou des populations stigmatisées, et cette inégalité relève de la politique sociale. En revanche, la définition de soi appartient au monde imaginaire de la psyché. Par un geste d'introjection, s'identifier à des ancêtres mène à confondre le fait d'avoir un passé avec l'illusion d'être ce passé. Le complément, l'adjectif, la caractérisation deviennent le sujet même, son essence.

Pour moi, le mot « juif » reste un prédicat, et s'écrit avec une minuscule, à côté de la majuscule qui identifie les noms de peuples. Élevé par un père juif qui s'est toujours marié à des femmes non juives, je n'ai pas de judaïté religieuse et n'ai pas reçu d'éducation rituelle, ou du moins se limite-t-elle au fait d'avoir été circoncis à la naissance et de participer à des cérémonies familiales qui se résument à Kippour, aux bar-mitsva et aux kaddish. Les chrétiens qui ont été baptisés, qui assistent aux communions, aux messes de Noël et d'enterrement, partagent sans doute ce lien culturel à leurs rites dédivinisés. Plus radicalement, l'athéisme confirmé de mon père m'a prévenu contre tous les clergés – rabbins, curés et imams confondus. Il ne me viendrait pas à l'esprit de me penser descendant d'Abraham et au plus lointain de ma parenté je me sens plus proche des premiers primates que des patriarches de la Bible. De là vient que les singes m'émeuvent plus que les grands hommes.

Le prénom fait la différence, appelé *given name* en anglais, qui dit bien le nom donné singulièrement, à la différence du nom de famille reçu collectivement par la tribu. L'histoire de nombreux Juifs immigrés venus d'Europe de l'Est est sans doute marquée par leur désir d'intégration et leur éloignement de la tradition, au point qu'ils donnèrent volontiers des prénoms français à leurs enfants, et le mien, François, remplit au mieux cette fonction. Comme tous les gens qui partent de quasiment rien, ils ressentent davantage l'envie de « monter » dans la société choisie que la fierté de « descendre » de telle ou telle lignée. Français, je porte le prénom de mon pays : François désigne à la fois un roi de France et la qualité de français, *françoué* même, comme on le prononçait autrefois. Chaque fois qu'on m'appelle je suis rappelé à ma patrie et, dans les pays anglophones, les traductions inexactes par Francis ou Frank obligent à conserver l'original, et à accepter la cédille, cette marque qui résiste à l'anglicisation des graphies, sans laquelle les anglophones me nomment Frankoïss.

Ayant débuté ma vie à Montmartre, après une naissance à l'hôpital Rothschild qui semblait un bon départ à mes parents désargentés, je reçus l'éducation commune à celle des petits Français de souche qui bénéficient de l'école républicaine, gratuite et laïque. Qui ont appris la mythologie nationale, mémorisant que les Gaulois et Vercingétorix étaient leurs ancêtres, une généalogie distincte de celles d'un Espagnol ou d'un Anglais. Qui ont glorifié à l'unisson les rois francs, la Révolution française, les sans-culottes, les lumières de la raison et les victoires napoléoniennes. Qui savent reconnaître les portraits de Louis XIV, de Victor Hugo, et du général de Gaulle. Qui regardent la carte de France comme le centre du monde, avec ses départements et ses rivières, mais ignorent les pays d'Asie ou d'Afrique. Dans les années soixante, à l'école primaire, on chantait *La Marseillaise* une fois par semaine : un maître de musique, imperturbable, nous sommait de nous mettre debout et d'entonner, droits comme des fusils à baïonnette, l'hymne national. À ce patriotisme hebdomadaire s'ajoutait, chaque jour, une leçon de morale, qui dictait les bonnes conduites et soulignait les sévères conséquences d'une désobéissance aux normes. Ne pas mentir, servir son pays, être solidaire... bref, se comporter en bon Français. Puis venaient les fables de La Fontaine à réciter par cœur, au tableau, sous le contrôle d'un maître ou d'une maîtresse dont je ne me rappelle que les voix, sinistres.

Si j'ai été, jusqu'à dix-sept ans, un mauvais élève, cumulant redoublement et heures de colle, ce ne fut pas en rébellion contre l'institution éducative, mais plutôt à cause d'un ennui profond. Je prétendais même gagner le haut du tableau, rapportant à l'appartement la nouvelle que j'étais deuxième de la classe, alors que j'avais mal entendu et conservais ma place habituelle de vingt-deuxième, c'est-à-dire avant-dernier. Cependant, le modèle de l'intégration à la société reposait, pour chacun de mes parents qui n'avait jamais passé un baccalauréat, sur la réussite économique plus que sur les résultats scolaires. Avocat ou médecin étaient les seules professions qui auraient mérité qu'on s'acharne à faire ses devoirs. J'eus très tôt le sentiment que la vraie vie était ailleurs et qu'il fallait d'abord souffrir les années d'école, la violence du savoir et des maîtres, et guetter les échappées, par la rêverie pendant les cours ou dans la rue après la classe. Les bons élèves, eux, avaient des programmes à long terme, des parcours tracés, anticipés, des familles et des réseaux qui leur fournissaient le plan des routes, des avenues et des raccourcis. Précoces, à l'aise dans tous les milieux, sachant parler et plaire aux adultes, ils avaient reçu les codes de la machine à réussir et connaissaient le degré de liberté qu'on peut s'autoriser. La République se glorifie, toutefois, de donner leurs chances à un petit pourcentage d'élèves sortis de milieux défavorisés, devenus, grâce à l'école, des astrophysiciens, des magistrats, voire des premiers ministres. Je n'eus pas la chance ni le mérite de figurer à ce tableau d'honneur.

Souvent convoqué au collège ou au commissariat pour les broutilles de son fils, mon père essayait tant bien que mal de donner un cadre à mon itinéraire scolaire mal assuré. Peu enclin à réprimer une indiscipline qui faisait partie de sa culture, il se contentait d'une engueulade de principe pour condamner des comportements aussi stupides qu'imiter le bruit de la poule devant un policier, voler le carnet de notes d'un professeur ou courir de toit en toit sur les immeubles. L'amende libellée « jeune homme faisant l'artiste devant les gardiens de la paix » le faisait rire, le conseil de discipline un peu moins, et les nuits aux urgences pas du tout. Devant élever seul un enfant depuis ses huit ans, il écoutait les recommandations des enseignants qui l'avertissaient d'une probable réorientation, ainsi que l'Éducation nationale appelle l'aiguillage des retardataires vers des métiers qu'ils n'ont pas choisis. À part les mathématiques qui me plaisaient comme terrain de jeu formel, toutes les matières scolaires étaient dans le rouge, particulièrement « le français », catastrophique chaque année et chaque trimestre.

Qu'appelait-on « apprendre le français » ? Parler français, connaître la culture française, savoir ce qu'est un Français ? Les élèves recevaient des leçons de grammaire, faisaient des dictées, expliquaient des textes littéraires et composaient des rédactions. Ces deux dernières activités restaient hors d'atteinte, car je ne comprenais pas ce que signifiait expliquer, redire la même chose sous une autre forme, et je restais incapable de saisir la psychologie racinienne ou balzacienne, inapte à délivrer les commentaires attendus sur la jalousie de Phèdre ou l'arrivisme de Rastignac. Pire encore, la rédaction exigeait des phrases, des images, des sentiments dont la rhétorique m'était étrangère au point d'assécher toute velléité de récit. Des sujets tels que « racontez vos vacances » ou « parlez d'un livre que vous aimez » me paralysaient. Heureusement, des fiches de lecture formatées circulaient dans les cartables et permettaient de ne pas lire les livres au programme, sans toutefois faire trop illusion auprès des professeurs. Ma seule lecture, celle-là passionnée et que j'aurais pu raconter en long et en large, était *Les Pieds nickelés*, une bande dessinée que mon père m'achetait une fois par semaine, et dont les personnages, Croquignol, Filochard et Ribouldingue, de sympathiques escrocs, jouaient les plus ingénieux tours à la police. Associés au spectacle de Guignol qui avait ravi une partie de mon enfance à Lyon, ils instillaient un esprit d'insubordination à leurs petits lecteurs. Malheureusement, ils ne faisaient pas partie du répertoire des œuvres qu'il faut étudier pour « le cours de français ». Aussi mon père suivit-il les recommandations d'un professeur, se désolant qu'en classe de troisième je n'aie pas encore lu un seul vrai livre, et il entreprit de m'aider à « faire du français ». Ignorant tout des choses scolaires, il entra dans une librairie et acheta *L'Appel de la forêt*, de Jack London.

Chaque soir, au moment du coucher, mon père tentait de me donner le goût de la littérature et découvrait lui-même ce livre traduit d'un auteur américain racontant l'histoire d'un chien de compagnie, kidnappé puis vendu à d'horribles trafiquants. Exilé sur les terres glaciales de l'Alaska, asservi comme chien de traîneau, l'animal lutte pour survivre en milieu hostile et finit par gagner la vie sauvage en devenant le chef d'une meute de loups. Les aventures de ce chien qui conquiert sa liberté excitaient mon imagination, mais c'est surtout la voix de mon père que j'aimais retrouver dans ce moment d'intimité rien qu'à nous. La lecture prolongeait notre vie de couple, entretenant les rites d'un père et de son fils abandonnés par une femme qui était partie avec un autre homme. L'existence d'alors se partageait entre la vie dehors, mature et virile, et la vie dedans où se cultivait la tendresse de deux esseulés. Dehors était le monde de la rue, des baby-foot, des rixes, de la fumette, des pelotages au cinéma, des stratégies pour éviter le pédophile du café ou les flics dans les parcs. Dedans signait le retour au calme, vers 8 heures du soir, dans un appartement lugubre que mon père tentait d'animer après le dîner. Sa voix meublait le désert des pièces et, par la lecture, elle occupait la durée du soir. Je n'arrivais pas à la détacher du texte qu'il lisait, de sorte qu'il me fallut encore quelques années pour plonger sans elle dans un roman. Je m'endormais dans les montagnes du Yukon, confiant dans les ressources du chien Buck dont mon père tenait la laisse imaginaire. Cette lecture dans ma chambre, sur un petit lit entouré de posters de voitures de course, concourait à mon lent sevrage en plaçant peu à peu un flot de mots entre le corps de mon père et moi. Depuis mon jeune âge, j'avais pris en effet l'habitude de dormir avec lui et de chercher son contact, restant sur ses genoux après le déjeuner, reniflant l'odeur de son pyjama dans le lit. Il faut dire aux lecteurs suspicieux qu'un père juif est souvent une mère normale.

Cette voix un peu sèche que tapissait la fumée d'une quarantaine de Gauloises quotidiennes peupla longtemps mes soirées, par la lecture et par la musique. Si nous « faisions du français » grâce à l'Américain Jack London, nous utilisions aussi le tourne-disque pour mettre en place un dispositif sonore des plus entraînants. Dénué de culture musicale, mon père écoutait souvent Serge Reggiani et surtout l'une de ses chansons dont les paroles devinrent une scie de notre couple. Encore aujourd'hui je ne supporterais pas d'en réentendre une phrase, tant la belle voix de Reggiani s'était transformée en une rengaine obscène qui disait : « Il pleut sur la maison mon garçon, mon amour / Comme tu lui ressembles / On reste tous les deux / On va bien jouer ensemble / On est là tous les deux, seuls. » La pause entre « tous les deux » et « seuls » était effroyable et laissait tomber le dernier mot dans un abîme infini dont je me demandais comment pouvaient en émerger d'autres paroles, tant on ne s'en relevait pas. Oui, elle était partie avec un autre, la femme qu'il adorait, ma mère, et elle nous avait laissés tous les deux... seuls... nous qui pensions toujours à elle dans l'appartement atrocement vide. D'autres musiques fournissaient heureusement des antidotes à la mélancolie. Grâce à la radio, mon père avait découvert le jazz et il achetait des disques de blues de la Nouvelle-Orléans. Un nouvel appareil venait alors d'entrer dans les appartements, l'enregistreur individuel dont l'usage s'était démocratisé. La radio, le tourne-disque et le magnétophone furent donc les instruments d'une petite scénographie par laquelle nous mimions un enregistrement en studio. Nous jouions les rôles de Louis Armstrong et d'un journaliste de l'ORTF qui l'interrogeait sur le jazz. Mon père contrefaisait une voix très grave et parlait en français avec un fort accent américain, déployant tous les clichés d'une star qui découvre la France et admire les *marvelous* Champs-Élysées. Il y mettait une telle empathie que je réclamais souvent ce même numéro de nos émissions radio, enregistrant de nouvelles versions de plus en plus rodées, enrichies d'anecdotes sur la vie de Satchmo, et ponctuées d'extraits de ses albums avec Ella Fitzgerald. Sans le savoir, j'interviewais les États-Unis dont la musique parlait à travers les inflexions paternelles.

Parmi les questions posées à un individu sur son identité, on lui demande *d'où il est*, car il est censé connaître ses origines, sa famille, sa ville, sa région ou son pays. La difficulté que j'ai toujours éprouvée, et que j'éprouve encore aujourd'hui, à définir ces affiliations, et le recours à des périphrases pour y répondre bien que je sois français, doivent sans doute à cette vie avec mon père, plus conjugale que familiale. Lui seul fut ma patrie, celle qui a fait de moi un fils et un compatriote. L'histoire du droit enseigne que la paternité vient d'une reconnaissance, alors que la maternité, par l'enfantement dans le corps de la mère, relève davantage de la nature. Malgré les poncifs de cette vieille distinction qui occulte le choix de la mère, l'acte juridique et la relation d'un père à son enfant exposent avec évidence la part adoptive de toute paternité. L'une des plus belles scènes qui le montrent est le récit de Montaigne décrivant les mœurs d'un ancien peuple de Libye, dont l'acte de reconnaissance paternel ne laisse d'étonner. Cette communauté, qu'il a repérée dans *L'Enquête* d'Hérodote, était régie par la liberté sexuelle et, lorsque des femmes accouchaient d'un enfant, elles ne pouvaient savoir qui en était le géniteur parmi leurs amants. Montaigne imagine alors un protocole selon lequel les hommes se réunissaient devant l'enfant âgé de un an, c'est-à-dire en état de marcher, et celui vers lequel il se dirigeait et qui lui ouvrait les bras devenait son père. Certes, il pouvait y avoir de la mégarde dans ce rapprochement de l'adulte et du petit, toutefois la paternité ne se réduit pas au partage des gènes et elle repose sur un élan réciproque de l'enfant et du père. Le mien m'a reconnu deux fois, à la naissance puis en obtenant ma garde juridique. Les recompositions familiales qui s'ensuivirent modifièrent toutefois mon sentiment de l'appartenance, comme l'éprouvent les enfants dont les racines se troublent à mesure que leurs foyers se fracturent et se transforment. Cette expérience de vie dans des mondes différents leur enseigne le relativisme, que j'appris très tôt.

Faute d'être ancrée solidement dans un milieu familial et régional, l'existence partagée avec un adulte, à la fois père et ami, me semblait toujours flottante, précaire, sans attache définitive. Nous ne possédions pas de maison ni d'appartement, et n'avions pas de famille qui aurait établi et conservé un lieu de résidence que nous aurions visité régulièrement, lors des vacances et des fêtes. Sans point de fixation, nous pouvions déménager d'une année à l'autre, et partir en vacances vers des destinations aussi hétéroclites que l'île d'Elbe ou la Roumanie. Les changements professionnels entraînaient de nouvelles villes, de nouvelles écoles, de nouvelles chambres, de nouveaux paysages, rarement de nouveaux copains. Se faire des relations, comme on dit, ne procède pas de la rencontre hasardeuse des atomes crochus, et les adultes comme les enfants reconnaissent par intuition ceux qui leur ressemblent socialement. Ainsi le vivent les déclassés, filles et fils de concierge ou gamins déracinés, qui aperçoivent de temps à autre les cartons d'invitation à des anniversaires fastueux organisés par des parents installés. Parfois conviés à ces réjouissances, ils y ressentent, le temps d'un après-midi, tout ce qui les sépare de ces mondes homogènes, dont les corps et les esprits ont été densifiés par les générations précédentes, et qui leur donnent des bonbons et des pacotilles pour signifier leur générosité. On dit parfois que les Juifs s'introduisent aisément dans tous les milieux mais pour mon père ce fut plutôt le contraire et lorsqu'il s'établit à Lyon, il lui fut impossible de pénétrer dans les cercles de notables, ni par son métier qui l'exigeait pourtant, ni par accointance amicale. Les gens qui comptent n'ouvrent pas leur porte à ceux qui n'ont pas les lettres de recommandation. Les seules familles que nous fréquentions étaient juives, séfarades et ashkénazes, tenant qui un pressing, qui un commerce d'optique, qui une entreprise de tissu. Aucune ne pratiquait la religion et elles se trouvaient ensemble moins de leur propre décision que par l'appartenance irréfléchie à une diaspora inavouée. Ce que nous ressentions, par différence avec les autres, se résumait à ce simple constat : nous n'étions pas des gens établis.

La réussite financière nous aurait permis, sans doute, de circuler parmi d'autres milieux que le nôtre, certes pas tous, car les codes d'accès ne s'achètent pas toujours avec de l'argent et d'autres titres sont nécessaires dans un pays où les féodalités demeurent puissantes. C'est plutôt par la sexualité, d'abord celle de mes parents puis la mienne dès l'adolescence, que j'ai découvert la diversité sociale. Bien qu'on ne mélange pas les torchons et les serviettes, ainsi que le dit fort à propos un proverbe français, le désir conduit à franchir des frontières et à entrer dans certaines chambres sans passer par le salon. Chacun de mes parents s'étant remarié plusieurs fois et ayant entretenu nombre d'aventures, j'ai accédé très jeune à des « intérieurs », maisonnées avec des mœurs distinctes, qui me révélaient quantité de nouveaux mondes. Le ton des voix, la longueur des phrases, la distance des gestes, l'épaisseur des tapis, la façon de servir à table ou de boutonner sa chemise... les moindres détails s'inscrivaient dans des ensembles cohérents. Leurs règles s'apprenaient sans livre, par des odeurs, des tacts et des rythmes qu'il aurait été impossible de définir et qui pourtant jouaient un rôle essentiel, le défaut d'un seul élément conduisant à la rupture de l'harmonie et à l'exclusion de la fausse note. Célibataire avec un enfant, mon père s'était mis à courir les femmes et m'associait à ses stratégies de séduction. Elles fondaient de tendresse devant cet homme qui accompagnait son petit garçon à la patinoire ou dans des ranchs le dimanche. Soucieux de préserver notre intimité, il n'invitait pas ses conquêtes dans notre appartement et nous passions les week-ends chez elles, menant ainsi une vie de famille assez éphémère pour être agréable.

Ces relations duraient quelques mois et je m'habituais, tel un caméléon, aux usages de ses maîtresses, respectant leurs horaires, leur canapé, leur vaisselle et intégrant leurs opinions sur les choses et les êtres. Chez l'une j'observais les meubles d'époque, la couleur de leur bois, les veinures de leur marbre et les formes de leurs piétements ; j'étais impressionné par les embrasses de rideaux avec leurs glands majestueux ; je m'étonnais du nombre de verres en cristal et de leurs emplois selon les liquides qu'on y versait. Elle ne cherchait pas à m'éduquer mais elle m'aimait bien et me laissait beaucoup d'autonomie dans sa maison lorsqu'elle s'éclipsait avec mon père. Pendant ces heures solitaires, je me familiarisais avec ses œufs de Fabergé et ses horloges à figurines en bronze ciselé. D'une autre, j'aimais le déhanchement généreux et le rire tonitruant lorsqu'elle parlait au téléphone et qu'elle confiait sans pudeur ce qu'elle ressentait, dévoilant des sensations et des sentiments qui m'étaient inconnus. J'entendis ainsi pour la première fois le mot « ovaire ». Tout était incarné en elle, aussi bien sa voix grasseyante que sa façon d'empoigner les ustensiles de sa cuisine moderne, aménagée comme dans les publicités récentes. Celle-là me manifestait de la sympathie bien que je sentisse qu'elle se fût volontiers épargné ma présence et qu'avec elle les affaires, sentimentales ou commerciales, devaient être expédiées sans fioritures. Chez une autre encore, je compris la répartition entre le distingué et le vulgaire, car dans son esprit certaines activités étaient réservées, quasi naturellement, aux personnes de basse extraction, telles que le ménage, le bricolage ou la comptabilité. Tout ce qui était utilitaire, même l'argent, ne valait pas que des personnes de qualité s'y abaissent, ce qui ne l'empêchait pas de faire dépenser de fortes sommes à mon père qui lui offrait des bijoux et l'emmenait, sans moi, dans des restaurants luxueux où l'on mangeait de la langouste. Ce train de vie provoqua sans doute la fin de la relation, ce que je ne compris pas tout de suite, tant cette légèreté et cette prodigalité me plaisaient.

Le papillonnage sexuel de mon père me donna opportunément une éducation sociale et me permit très tôt de mesurer, sans le formuler, ce qui constituait la matière vivante des milieux, qu'il s'agisse d'une intonation, d'un port de tête, de l'aveu d'une émotion, du goût pour une marque de voiture, pour des lieux de vacances ou des activités sportives. Et la variété de ces intérieurs, différents du nôtre, me retenait d'en désirer aucun, puisque nous changions de niches sentimentales comme de villes. Souvent ces femmes, veuves ou divorcées, avaient reçu de petites fortunes, menaient une existence libérale et s'autorisaient enfin des amants ; d'autres, femmes indépendantes et sensibles à l'atmosphère de mai 68, cherchaient une compagnie masculine qui ne les engagerait pas trop. S'adaptant à son époque, mon père se donnait des airs bourgeois pour appâter ces maîtresses qui évoluaient entre le demi-monde et la notabilité provinciale. Il s'était acheté un coupé automobile italien et il portait une perruque, camouflant ainsi ses revenus modestes et son âge. Parfois une petite catastrophe survenait comme la perte de cet affreux toupet lors d'un galop à cheval, mais le ridicule s'oubliait vite grâce au projet d'une conquête suivante, tant ce mode de vie était sans répit. Nous faisions ensemble le bilan de l'expérience passée, les bons côtés et les défauts rédhibitoires dont nous riions, puis je le conseillais dans le choix de la prochaine compagne. Nous avions établi un protocole qui l'informait en direct de mes impressions sur une femme qu'il rencontrait. Il lui donnait rendez-vous dans un café où je les rejoignais et, après un quart d'heure de conversation, je lui communiquais mon avis sous forme codée : si elle me plaisait, je m'adressais à lui en l'appelant Philippe, prénom qu'il avait choisi depuis la guerre. Si j'hésitais et qu'un examen supplémentaire s'imposait, je l'appelais Papa, ce qui pouvait attendrir la dame tout en lui rappelant que son amant potentiel était lesté d'un marmot. Enfin, si elle me déplaisait, je l'appelais Albert, son prénom de naissance, à la fois juif et vieux jeu. Notre numéro était bien rodé de sorte que la postulante ignorait qu'elle subissait un test de passage. Nous étions deux à choisir les femmes de mon père, et j'aurais pu les désirer sexuellement si j'avais été en âge pubère. Sans doute les convoitais-je inconsciemment, cependant je les voyais plutôt comme des petites mères provisoires et, surtout, cette complicité confirmait le couple indestructible que nous formions lui et moi. Sans milieu, sans attache, nous étions une molécule robuste qui se déplaçait et se liait temporairement à d'autres corps, formant des liaisons plus ou moins complexes, lesquelles, une fois arrivées à saturation, se dissolvaient et lui rendaient sa liberté d'association.

La chimie des affinités produit parfois des ruptures que la raison ne peut seule expliquer. Le ménage que nous étions se grippa au bout de quelques années lorsque mon père fit la rencontre d'une femme qui bouleversa ses habitudes. Divorcée avec trois enfants à charge, elle n'avait rien d'une aubaine, mais elle incarnait un milieu social jusqu'alors inaccessible au petit Juif de Montmartre. Fille de polytechnicien, habitant à Neuilly-sur-Seine, un vague air de Katharine Hepburn sur le visage, elle l'impressionna. Bien que je n'aie cessé de l'appeler Albert, et malgré mes avertissements, car j'avais deviné le dérangement psychique de la postulante, l'homme n'avait plus d'oreille, la seule qui lui restait n'écoutant que la voix de la future épouse. Au retour d'un de ces clubs de vacances où les divorcés cherchent un nouveau partenaire, l'union fut décidée. Il nous installa dans un pavillon de la banlieue de Limoges, acheta une voiture familiale et un énorme congélateur, puis il se mit à jouer au bridge et à recevoir des gens à dîner comme cela se fait dans les bonnes familles. La vie de bohème avait pris fin. Je découvris alors ce qu'est une famille nombreuse, avec frère et sœurs, d'autant que les enfants furent sommés de ne plus marquer la moindre préférence pour leur parent d'origine. Les jalousies et les querelles, l'hypocrisie et la déprime... je passai brutalement du bonheur à deux à l'enfer à six. Ce mariage fut un désastre qui dura longtemps, la supposée mère révélant son instabilité mentale par des crises cycliques, provoquant des hurlements et des insultes nocturnes, prolongés par des actes de violence. Rien n'échappait à sa fureur destructrice et, au petit matin, lorsque nous osions sortir une fois le calme revenu, les sols étaient jonchés de vaisselle cassée, de tissus et de papiers déchirés, notamment les albums de photos de mon enfance. Je trouvai au sol mon portrait déchiré en petits morceaux, mes placards avaient été fouillés et certains vêtements retirés au prétexte qu'ils me distinguaient trop avantageusement des autres enfants. Cette femme avait entrepris d'anéantir tous les vestiges de l'affection passée de son mari qu'elle m'obligeait désormais à appeler Philippe, comme tout le monde, les noms de Papa et d'Albert étant proscrits.

Lorsqu'il venait se réfugier dans ma chambre, les nuits de folie, vers 2 heures du matin, je suggérais à mon père de partir avec moi, confiant dans les rebonds de notre existence, mais il avait connu déjà trop d'échecs et il voulait maintenir une fiction de normalité. Nous devions enfin adopter, croyait-il, les règles d'une petite communauté de six personnes dans laquelle il était normal de s'engueuler, de partager les corvées, de s'ennuyer le dimanche, et de plaire aux invités. Était-ce cela, l'assimilation, la vie bien ancrée dans une famille française où l'on cherchait les œufs au jardin le jour de Pâques, où l'on regardait pour la dixième fois les films de Jacques Demy, où l'on passait des vacances en Normandie à pêcher des crevettes et à chercher des bidons de lait à la ferme ? Nous étions devenus des Français identifiables par leurs mœurs et leurs loisirs, ceux de la moyenne bourgeoisie, et les mois se répétaient à l'identique, sans surprise, rythmés par les programmes de télévision, l'organisation des repas et la fréquentation des personnes du même milieu. De quel prix fallait-il la payer, cette normalisation, pestais-je contre le bourgeois qu'était devenu Albert ! L'expérience d'une famille nombreuse ne fut donc pas une réussite et, après quatre années de galère, je pris la fuite, à dix-sept ans. La rupture avec mon père fut violente et définitive, à la mesure de l'amour trahi. Avant de partir, je brûlai toutes les lettres que je lui avais écrites et je ne revins jamais chez lui, ou plutôt chez eux. J'ai dit qu'il m'avait reconnu deux fois, mais il m'aura quitté deux fois aussi, en se mariant puis en se suicidant.

On employait le mot de bourgeoisie, encore dans les années soixante-dix, pour stigmatiser une classe uniforme, cependant il en existait de nombreuses variantes qui la divisaient en des milieux aussi différents que des meutes de lynx et des troupeaux d'hippopotames. Deux fois par mois je devais passer le week-end avec ma mère et, à travers elle et son ascension sociale, je connus la bourgeoisie médicale de province pour laquelle elle éprouvait une admiration sans bornes, heureuse d'avoir acquis un confort de notabilité en épousant un héritier et en fréquentant des nantis. J'y passais comme au spectacle, et le plus souvent j'accompagnais ces spécimens, sans plaisir, à leurs parties de chasse en Sologne. Il n'y a pas à en révéler plus que ce qu'en montre Jean Renoir dans *La Règle du jeu*, si ce n'est l'impression que ces massacres laissèrent dans ma mémoire. On respirait l'atmosphère de mise à mort dès l'entrée dans leurs voitures de marques allemandes, roulant à vive allure sur les routes départementales, les fusils et les boîtes de cartouches sanglés dans les coffres, les 4×4 étant réservés au transport des chiens, setters ou épagneuls, dressés pour rapporter le gibier. Une odeur de cuir et de plomb annonçait le carnage à venir et, quand le convoi arrivait dans les fermes, une même stratégie se mettait en place, les uns tenant le rôle de rabatteurs, les autres attendant de tirer sur les volatiles et les mammifères apeurés. Ces animaux avaient été élevés sur place, lâchés dans leur jeune âge pour s'habituer au territoire et demeurer disponibles aux tirs. On leur coupait les ailes qui repoussaient plus tard, de sorte qu'ils ne risquaient pas de voler vers les domaines voisins. Certains chasseurs ne résistaient pas, quand ces jeunes oiseaux détalaient en sortant des cages, au plaisir de faire un carton et les tuaient à même le sol. Ces hommes et ces femmes se révélaient sensibles au paysage du crépuscule, attendant silencieusement, près des lacs, le moment de la passée, c'est-à-dire l'explosion du feu, son boucan de coups de fusil et la pluie d'individus qui dégringolaient du ciel. Une fois la décharge collective réalisée venaient le ramassage dans la gueule des chiens dociles et la composition du « tableau », l'alignement des perdreaux, grives, canards, faisans, lièvres dont les yeux éclatés, les chairs déchiquetées dans un mélange de poils et de plumes faisaient la fierté des bourgeois.

Après leur massacre dominical, ils comptaient le nombre de bêtes abattues et se les répartissaient pour s'inviter plus tard et les déguster faisandées, quelques reliquats de plombs dans les viandes ravivant ces beaux souvenirs de tuerie. De somptueux services de table formaient le décor de telles agapes au cours desquelles pharmaciens, médecins et avocats dénigraient d'autres confrères et se vantaient de leurs vacances à l'île Maurice ou dans les Caraïbes. Ils ajoutaient un supplément culturel à leur richesse domaniale en disposant des livres d'art sur leurs tables basses, et en parlant des expositions qu'ils avaient vues à Paris. Une fois l'intimité retrouvée, l'apparat se chiffonnait comme leur serviette de table pour laisser place à leur vulgarité, les uns vautrés sur leur sofa en velours en fumant leur cigare, les autres s'endormant devant les divertissements télévisuels car la lecture complète d'un livre leur était un loisir inconnu. La violence de la chasse ne disparaissait pas avec le retour à la vie domestique, je le sentais confusément lors de mes brefs séjours dans ces familles, gardant le statut d'un enfant et visiteur insignifiant. Les épouses qui se gargarisaient d'importance avec leurs tenues de grands couturiers pouvaient recevoir des coups lorsque leurs maris, agressifs avec les faibles, leur rappelaient qui étaient les maîtres et possesseurs. Une fois leurs larmes séchées et leur maquillage rafraîchi, ces femmes reprenaient leur rang et donnaient leurs ordres aux employées de maison. Ces dernières, souvent des filles de campagne, logeaient dans des communs et avaient interdiction de faire des enfants. Elles subissaient passivement les humiliations, jusqu'à servir parfois de cobayes : un jour, le mari de ma mère, chasseur impénitent, voulant tester un collier électrique destiné au dressage des chiens, l'installa sur la gorge de leur femme de ménage. Cette dernière dut parcourir toute la longueur de leur jardin pour que l'expérimentateur mesure la distance à laquelle fonctionnaient encore les impulsions. Il riait de la voir mettre les mains à son cou, signifiant ainsi que les décharges l'électrocutaient. Les enfants trouvent toujours normales les situations dans lesquelles vivent leurs parents et je n'échappais pas à la règle. Au moins ces années nauséeuses ont-elles contribué à mon éducation sociale. Furent-elles des étapes ? Le temps de l'enfance m'apparaît telle une superposition de durées éclatées qui ne s'enchaînent pas comme des wagons.

À quelles expériences familiales doit-on ce que l'on est devenu ? Comment les désirs des parents, leur volonté d'acquérir une identité, une place, une réputation se répercutent-ils sur les êtres qui leur succèdent ? Une biographie, de soi ou des autres, unifie les événements et les inscrit dans une ligne droite, avec un début, voire un archi-début et une fin, elle met en valeur les héritages et les arborescences. La généalogie – tels sont sa séduction et son piège – fournit une cohérence et une continuité à bon compte. Chaque individu s'y retrouve fils ou fille de, petit-fils ou petite-fille, descendant, héritier, légataire, qu'il poursuive la trace des ancêtres ou la conteste, le récit généalogique le maintiendra toujours dans ce rapport à la lignée du sang ou du nom. La programmation, suivie ou contrariée, ordonne son parcours. Et pourtant, l'existence se fait et se défait sans cesse au gré des accidents, des hasards et des imprévus, du moins la mienne s'est-elle déroulée ainsi et me rend sensible aux greffes, transplantations et métamorphoses plus qu'à la recherche des ressemblances. Ce que je suis, si tant est que je puisse le savoir, tient surtout aux rencontres qui ont déplacé mes goûts, mes paysages et mes horizons. À l'expression « venir de » qui déclenche la narration biographique pourrait se substituer celle de « tomber sur » qui ouvre l'avenue à des bifurcations, des carrefours et des transferts : sur qui êtes-vous tombé ? Sur quoi, pour avoir suivi ce chemin ? demanderait-on. Comment suis-je tombé sur une sonate de Prokofiev pour comprendre qu'on pouvait vivre dix fois plus en jouant du piano ? Comment suis-je tombé sur *Les Nourritures terrestres* et *Aurélia*, deux livres qui m'ont fait découvrir, vers seize ans, qu'un livre pouvait apprendre à voir, à sentir et à rêver ? Ces rencontres de hasard ont provoqué des enthousiasmes, orienté des choix, entraîné des relations, déjouant la logique des héritages. Elles relèvent de l'option et de l'adoption.

Les généalogistes, obsédés par la continuité, sous-estiment le marrainage et le parrainage, ces formes d'affiliation qui introduisent du jeu et de la déroute dans la transmission. Si je devais dessiner un arbre généalogique, j'y inscrirais celles et ceux qui ont joué des rôles de mère, père, sœur et frère adoptifs. Et encore l'emploi de ce vocabulaire concède-t-il trop à la symbolique de l'ordre familial. Malgré ces réserves, il faut bien admettre que certains tuteurs et protecteurs ont nourri cet imaginaire parental, m'obligeant parfois à devenir un fils fuyant pour ne pas endosser un Anchise trop pesant. Grâce à eux, je ne suis pas resté dans le no man's land où me destinait le ballotage entre des milieux hostiles ou négligents. Ces grands aînés, souvent professeurs, m'ont vu égaré comme un chien perdu au milieu d'un jeu de quilles, et ils m'ouvrirent leurs espaces et m'apprirent la passion des œuvres. La première fut ma professeure de piano, rencontrée quand j'avais dix ans parce qu'il fallait occuper mon temps libre, et qui me fit découvrir peu à peu la musique et bien d'autres choses aussi essentielles, une fois l'adolescence venue. En termes de transmission, elle tiendrait une place majeure dans l'arbre. N'écrivant pas un livre d'hommage, je ne déclinerai pas les noms de celles et ceux qui se sont aussi greffés ou même, qui ont constitué de nouvelles racines, branches et rameaux, et ne citerai que le dernier, emblématique, de ces pères qu'on pourrait dire supplétifs, annexes, cooptés ou assimilés. Édouard Glissant fut à la fois le théoricien et le praticien de ces relations imprédictibles, anti-généalogiques, refusant la vérité de l'origine, des races et des racines, leur opposant le nomadisme et la créolisation. J'ai décrit ailleurs notre longue relation, le paternalisme affectueux avec lequel il m'avait baptisé d'un nouveau nom, Tancrède, ainsi qu'on avait fini par m'appeler autour de lui. Je suis devenu un peu martiniquais grâce à lui. Combien d'autres paternités et maternités, fraternités et sororités sans lien de sang agrégeons-nous pendant le cours d'une existence ? Le langage de la parenté devrait céder devant la force de ces adoptions incessantes et laisser place au jeu contingent des affinités, ces alliances de différences. Si l'on voulait malgré tout conserver la figure de l'arbre pour exposer les bourgeons et les feuillages de ce qu'on est devenu au cours des saisons, il faudrait y ajouter non seulement ces libres cousinages humains, mais aussi des animaux, des livres, des musiques, des images, des habitats, des voyages, des événements historiques et des malheurs intimes, tout ce qui forme et déforme un être, le nourrit comme une sève abondante.

Le hasard des rencontres, et l'incitation à entrer sur des terrains que je pensais réservés à d'autres, ont guidé mes routes et mes déroutes. À la fin du lycée, mon professeur de philosophie m'apprit ce qu'est une classe préparatoire aux grandes écoles mais je n'en supportai pas l'esprit scolaire plus de quelques semaines et je poursuivis l'étude du piano. La fréquentation des universités me conduisit à devenir docteur, non en médecine comme l'auraient compris mes parents, mais en philosophie. Cependant la charge symbolique de ma réussite vint du concours qui, visant simplement à recruter des professeurs, me rendit « agrégé de français », ainsi que je l'annonçai fièrement à mon père qui n'avait aucune idée de cette promotion. Si je devenais le premier fonctionnaire de la famille, toutes branches comprises, je pouvais surtout afficher qu'en moi s'étaient agglomérés, agglutinés assez de savoirs pour être un français « agrégé », ayant la densité d'une molécule. Cette agrégation à la française signait le parachèvement d'un désir de France, commencé avec la naturalisation de mon grand-père, juif russe, et confirmé cinquante ans plus tard par celui dont le nom figurait désormais au tableau de ceux qui « apprendraient le français » aux jeunes Français. L'étude du latin m'avait même permis de repérer dans le mot d'agrégé la racine étymologique de grégaire, *grex*, le troupeau. Ainsi avais-je rejoint la troupe des Français, non pour y tenir un fusil comme Chaïm, mais comme passeur de sa langue et de sa culture.

Ce résultat marquait aussi une fin, l'effacement des origines s'étant réalisé grâce aux parentés adoptives qui m'avaient embarqué dans leurs mondes parallèles où les histoires de shtetl, de génocide – on ne disait pas encore Shoah – n'étaient pas déterminantes. Ce passé tragique faisait partie de l'Histoire universelle et ne définissait pas mon identité, d'autant moins que ses témoins ne souhaitaient pas en parler. L'assimilation au pays ne pouvait être mieux prouvée que par l'entrée dans un corps d'État. Certes, la fonction publique ne jouissait pas d'un grand prestige dans un milieu familial voué aux différents métiers du commerce, vu les maigres salaires des enseignants. Toutefois elle signifiait un enregistrement dans la nation, une manière de s'enrégimenter. Comme l'a souligné Stendhal dans *Le Rouge et le Noir*, les deux voies permettant à un jeune homme sans qualité de sortir de sa classe sociale étaient à l'époque l'armée et l'Église. Aujourd'hui, l'engagement dans la carrière professorale, en France, ressemble fort à une vocation de prêtres laïcs que l'État envoie dans ses provinces pour éduquer la jeunesse.

Ayant rattrapé mes retards de lecture, je pouvais désormais expliquer et transmettre la littérature et la pensée françaises, même si des intellectuels dits « de souche » considéreront toujours qu'il faut avoir plusieurs siècles de francité derrière soi pour prétendre connaître la culture de la France. Parmi ceux-là, l'écrivain Renaud Camus s'« attriste de voir et d'entendre cette expérience, cette culture et cette civilisation avoir pour principaux porte-parole et organes d'expression, dans de très nombreux cas, une majorité de Juifs ». Je le mettrais bien au défi d'une explication de *Bérénice* ou du *Discours de la méthode*, mais à quoi bon ? L'affaire est déjà jugée pour ceux qui trouvent indécent que des Français « de race juive », comme ils disent, représentent le service public. Dans une veine semblable, Maurice Barrès écrivait, un siècle plus tôt, que Zola, en raison de ses ancêtres italiens, n'était pas français et que, sur tous les sujets, il y aurait toujours une frontière entre lui et l'écrivain aux racines étrangères : les Alpes. « Je t'aime, moi non plus », tel semble être le dialogue entre les Juifs et la France. D'un côté, ces immigrants de l'Europe de l'Est idéalisant le signifiant France, avec le désir éperdu d'en être, quitte à devenir plus royalistes que le roi. De l'autre, une République fière d'avoir réussi leur intégration, mais les soupçonnant de partager une autre psyché, et de servir des intérêts étrangers. Cependant de tels discours, empruntés à Barrès, n'étaient tenus que par une minorité d'extrême droite et nous, la majorité, savions isoler l'ennemi antisémite. La preuve : après la profanation du cimetière juif de Carpentras, en 1990, deux cent mille personnes parmi lesquelles le président de la République manifestèrent contre l'antisémitisme. C'était à la fin du XXe siècle. Au moment où j'écris ces mots, trente ans après, l'ambiance a beaucoup changé, ou peut-être est-ce moi qui ne la ressens plus de la même façon, surtout depuis que j'habite un autre pays. Le sentiment logique d'être un étranger dans une autre culture, au lieu de confirmer mon attache au pays natal, m'a conduit à repenser ma francité, comme un millefeuille. Je ne saurais dire si l'intranquillité m'a été transmise par mes père et grand-père qui l'ont vécue avant moi ou si elle a été déclenchée par des événements extérieurs. Toujours est-il que le mot qui me vient pour la désigner est « judéité ». Je ne sais s'il est approprié, mais vers lui convergent des expériences, parfois très diffuses, qui peuvent se regrouper sous ce nom, à la fois propre et impropre, affilié et désaffilié.

La judéité caractérise des populations très diverses unifiées par une pratique religieuse, toutefois elle est aussi, pour beaucoup, un feuilleté d'appartenances qui se déclarent sans être verbalisées, ou par des langages indirects. Il est difficile de localiser la source et l'étendue de ces affects mêlés confusément dans la sensibilité, le souffle, l'imagination et les « pensées de derrière ». Ils proviennent moins d'une éducation que d'une mémoire silencieuse, une musique du vécu, favorisant des affinités, selon des figures beaucoup plus subtiles que les arbres généalogiques. On en prend conscience petit à petit, sans toujours le formuler, à travers des émotions pensives qui échappent aux radars de l'enquête sociale. Cet écart survient souvent par contrariété, comme le renvoi d'une différence que les autres jugent peu assimilable. Pour un garçon, le regard moqueur porté sur son sexe, dans les douches et les vestiaires de sport, sur sa petite différence et ses drôles de conséquences, entraîne le sentiment précoce que quelque chose « diverge ». Cependant cette raillerie pourrait s'appliquer à toute curiosité anatomique, une oreille plus longue, une tache de naissance, une rousseur de poil...

Le patronyme, en revanche, démarque davantage, dans un pays où l'atavisme reste fort, et qui sait reconnaître ses propres consonances car il choie ses étymologies. Lors de son évasion pendant la guerre, mon père a changé de nom pour s'appeler Philippe Garnier. Le prénom de Pétain et le nom de famille à la sonorité française devaient masquer ses origines. Un nom juif, en France, est objet de curiosité, suscitant l'interrogation : il en est ou il n'en est pas ? Souvent prononcé avec un accent qui souligne son étrangeté, le nom juif est déporté vers un paysage sonore exogène. Cette inflexion ne vient pas forcément d'un ostracisme, et elle peut même souligner, au contraire, une sympathie pour cette communauté fantasmée dans laquelle est confondu le sujet au nom discordant. Combien de porteurs de patronymes ashkénazes, tels Durkheim ou Lévi-Strauss, auraient pourtant souhaité qu'on prononçât leur nom à la française, au lieu d'entendre Durkaïm ou Lévi-Chtross ! Les Français n'en croient d'ailleurs pas leurs oreilles quand les noms juifs sont prononcés par des anglophones tant ils tiennent à leurs consonances germaniques, et ils persistent à appeler le réalisateur Spielberg, né aux États-Unis, Chpilbèrgue au lieu de Spilbeurg. Ces affaires d'accents dissonants paraissent superficielles, mais elles font signe vers des différences bien réelles, à l'œuvre dans le trajet social des porteurs de noms « étrangers ».

Inessentiel d'abord, et interchangeable, ce nom juif ne joua aucun rôle dans mes choix d'enfant et d'adolescent, et j'aurais pu le troquer facilement pour un nom espagnol ou anglais. Universaliste, j'avais appris, à l'école républicaine, qu'il n'y avait pas de races, que les différences culturelles comptaient moins que ce qui nous réunissait tous : l'humanité. Ce principe se traduisait naturellement par une adhésion aux engagements de gauche. Les professeurs d'histoire nous avaient appris à vénérer le serment du Jeu de paume, les Trois Glorieuses, la Commune et le Front populaire. Nos illustres aînés avaient fait Mai-68 et ils avaient installé, pour les générations suivantes, un imaginaire idéologique puissant qui nous conduisait à imiter leur rhétorique. Nous lisions tout ce qui avait concerné la gauche prolétarienne, la bande à Baader et les Brigades rouges avec sympathie. Toute proportion gardée, nous nous vivions comme la génération de Chateaubriand venue trop tard, après la Révolution française et les conquêtes napoléoniennes. Giscard d'Estaing était notre Louis-Philippe et les grandes gestes du passé hoquetaient en nous. J'avais adhéré à des groupuscules gauchistes puis, de manière plus structurée, au PSU, d'inspiration autogestionnaire et libertaire. À la fin des années soixante-dix, la Palestine était devenue la cause internationale majeure, faisant suite au Vietnam et au Chili pour les générations précédentes. Nous connaissions tous les mouvements de libération armée visant à briser l'occupation israélienne et les sigles FPLP, OLP, FLP... nous étaient familiers, ainsi que les hommes qui les dirigeaient. Des photos de fedayin décoraient les murs de ma chambre, remplaçant celles des champions automobiles de mon enfance. Ils avaient des keffiehs noir et blanc laissant apparaître leurs beaux yeux noirs et ils brandissaient des fusils mitrailleurs, tels d'héroïques francs-tireurs. On les appelait des résistants et ce mot les parait d'une grande vertu. La prose révolutionnaire de nos tracts et journaux ronéotypés exprimait la foi que tous les damnés de la terre prendraient un jour les armes et installeraient le règne de l'égalité universelle.

Sans contradiction dans mon esprit, je décidai, l'année du bac, d'aller passer deux mois en Israël, dans un kibboutz, car ce type de communauté incarnait mon idéal d'une vie à la fois collective et libre, un communisme réussi à petite échelle, sans goulag ni culte de la personnalité ni terreur. L'autogestion, l'absence de propriété, l'égalité entre hommes et femmes, l'éducation autonome... tout correspondait à mes vœux et je m'installai à Beït-Keshet, en Galilée, dans un village d'inspiration travailliste. Chaque soir, nous nous répartissions les tâches du lendemain, la récolte des agrumes et du coton, le travail à l'usine, l'entretien des jardins, la cuisine et la laverie, sans chef pour nous commander. Nous partagions tout, même les vêtements, suffisamment variés pour qu'on puisse choisir leurs formes et leurs couleurs. Tellement persuadé de l'abolition des différences de classes et de sexes, j'entrai nu dans les vestiaires des femmes qui me chassèrent à grands cris. Des barrières demeuraient, mais les biens étaient à disposition de toutes et tous, la nourriture, la piscine, le cinéma, la bibliothèque, pour un petit monde qui paraissait immense tant il était cosmopolite. Des Russes, des Marocains, des New-Yorkais, des Belges, des Argentins discutaient en d'interminables symposiums, tard dans la nuit, opposant leurs idées sur l'existence, et se retrouvaient unis à l'aube sur des tracteurs pour atteindre les pamplemousses en haut des arbres, ou dans les champs à s'écorcher les mains sur les fibres de coton. Nous étions libres de suivre un groupe ou de rester solitaire, chacun logeant dans une maison individuelle et articulant son propre rythme à celui des autres.

Une euphorie jaillissait de ces rencontres improbables entre des destins à peine naissants, alors que les kibboutznikim de passage, travailleurs saisonniers, repartiraient bientôt vers d'autres aventures. Au milieu de cette jeunesse passionnée qui venait trouver là une vie en rupture avec la société capitaliste et consumériste, une catégorie se démarquait nettement, suscitant à la fois l'admiration et l'éloignement : les Sabras. Ceux-là, nés en Israël, parlaient l'hébreu plus que l'anglais et, méprisant la contradiction, manifestaient une confiance en eux qui les rendait imperméables à toute adversité. Filles et garçons sortis de la terre, ils étaient des Juifs d'une autre espèce, épargnée par la mélancolie, et cette assurance leur conférait une beauté particulière, une puissance nouvelle venant de ce qu'ils n'auraient jamais à s'excuser d'être là où ils étaient. Les traditionnelles blagues juives ne les faisaient pas rire car ils ne se reconnaissaient pas dans les figures de Juifs faibles, victimes et plaintifs, eux qui symbolisaient la possibilité pour un Juif d'être enfin souverain sur sa vie et sur son pays, après deux mille ans de persécutions et d'errance.

Élevés à part de leurs parents, dans la « maison des enfants » où ils vivaient et couchaient dès le plus jeune âge, ils avaient acquis une autonomie très précoce. Cette séparation d'avec la demeure familiale figurait pour moi le paradis : ne plus avoir à subir les querelles avec les belles-mères, les beaux-pères, les frères et sœurs, et même les pères et mères lorsqu'ils sont insupportables... la possibilité de ne fréquenter ses parents que par envie et non par contrainte, quel bonheur ! La filiation cédait la place à l'alliance, à la famille choisie de manière contractuelle et non définitive. Une telle organisation engendrait des êtres mûrs auxquels n'avaient pas été transmises les névroses de leurs ancêtres, me disais-je, bien que je fusse parfois gêné de les voir désinvoltes avec leurs parents lorsqu'ils les rejoignaient à la cantine pour déjeuner et qu'ils rechignaient à se faire embrasser comme du bon pain pour recevoir leur affection. Les enfants du rêve étaient un peu froids.

Cette abbaye de Thélème sans religieux, qu'on aurait pu imaginer en d'autres pays, s'était toutefois implantée en terre d'Israël dont l'Histoire se rappelait à nous. Le mont Thabor, lieu biblique, dominait la plaine où nous travaillions, et tant les juifs que les chrétiens lui avaient associé des mémoires dramatiques, liées à la destruction de leurs temples ou de leurs églises. Cependant c'est l'histoire récente qui me saisit plus intensément, à cause de mon voisin qui hurlait régulièrement et dont j'entendais les insultes en allemand. Par courtes séquences, jour et nuit, l'homme criait des mots tels que « Scheiss Juden ! » et je me demandais comment il était possible qu'on accueillît un antisémite déclaré en Israël. Les anciens du village me racontèrent que cet homme était un rescapé des camps d'extermination où il avait subi des expérimentations médicales, dont une castration, sans doute par le Dr Mengele, qui l'avaient rendu fou. Incapable de travailler, il avait été recueilli par les kibboutznikim qui veillaient sur lui dans sa réclusion volontaire. Atteint de schizophrénie paranoïde, il entendait des voix et, fugitivement, je me demandai si ses délires de persécution ressemblaient à ceux de mon grand-père Chaïm, bien qu'ils dussent provenir d'autres causes. Mais décidé à découvrir le pays, et pas seulement son histoire juive, je passais les week-ends à voyager, grâce aux quelques shekels donnés par la caisse communautaire, du Sud Liban jusqu'au Sinaï. Les amis du kibboutz, tous de gauche, m'emmenèrent volontiers sur les lieux arabes et palestiniens et je découvris une réalité un peu plus complexe que celle décrite par les journaux que j'avais coutume de lire. Persuadé que les Juifs israéliens exerçaient un pouvoir sans partage, je fus surpris de savoir que des maires de grandes villes comme Nazareth pouvaient être des Arabes musulmans et que la langue arabe était, comme l'hébreu, une langue officielle. Tenant absolument à visiter des camps de réfugiés palestiniens, à Gaza et en Cisjordanie, j'y ressentis une pleine solidarité avec ces familles démunies, tout en réaménageant mon imaginaire de militant français qui se les représentait comme de nouveaux Juifs, vivant sous des tentes, encerclés par des barbelés et surveillés par des nazis dans leur mirador. La réalité était grave, complexe, et il fallait la comprendre plutôt que d'y plaquer la bonne conscience des petits bourgeois européens. J'eus envie de rester en Israël et de poursuivre cette exploration de mondes et de populations si différents, et parce que la vie du kibboutz me convenait parfaitement. Rien dans les mains, rien dans les poches, libre d'être seul ou ensemble, intrigué par des buissons de langues et d'histoire, je songeai à m'expatrier. Mais on est parfois sérieux, à dix-sept ans : une classe de terminale m'attendait en France, il fallait « terminer » le lycée, quoiqu'il fût associé à l'ennui, et la raison, ou plutôt le raisonnable, l'emporta.

La vie du kibboutz ne changea rien dans mes « engagements », comme on dit un peu prétentieusement pour désigner des opinions et quelques activités par lesquelles on manifeste ses partis pris. Bien qu'elle avivât la tentation d'aller vivre ailleurs, les années suivantes je continuais à militer et à affirmer ce qu'étaient le bien et la justice. La judéité n'était pas alors une question, ni un problème. Comment a-t-elle pu le devenir ou le redevenir en France ? Le signaler me met en porte à faux, car pour beaucoup d'amis, et malgré l'évidence des faits, ce sujet n'a pas de pertinence, ou du moins ne veulent-ils pas entendre les alertes lancées sur la résurgence de l'antisémitisme depuis les années quatre-vingt, sans que je sache dater avec plus d'intelligence historique ce moment. Mais l'attention est surtout une affaire d'oreilles et lorsqu'on écoute attentivement les mots, écrits, parlés ou criés, on y découvre souvent des *clusters*, c'est-à-dire des amas de sens. Avant de désigner les foyers d'infection par un virus, les clusters sont, en musique, des agglomérats de sons qui ne sont pas reliés par un accord harmonique classé et qui, émis simultanément, peuvent donner l'impression d'une unité, surtout s'ils sont répétés et deviennent familiers. Les mots fonctionnent ainsi, on les cajole et les fait si bien rouler dans la langue qu'à la fin ils unifient nos idées sans qu'on n'entende plus ce qui les compose. Ils ont la rondeur pleine des affects, qu'on les tourne dans l'intimité de notre esprit ou qu'on les hurle dans une manifestation. « Révolution », « Palestine », « Peuple », « Frères » entraient dans la magie des slogans allègres que nous proférions au siècle dernier, et nous, gens de gauche, nous délections à les prononcer, à les faire sonner entre nous, tant ils confirmaient notre communion. Toutefois il arrive avec ces mots fétiches ce qu'il advient souvent avec les chansons trop écoutées. Devenus des rengaines, ils perdent leur charme, ils ne mobilisent plus tout l'imaginaire et redeviennent ce qu'ils sont, des signes ordinaires. Alors le cluster se décompose et divulgue ses agglutinations d'éléments disparates : d'obscurs affects, des sens adventices, des images clichés qui ne tiennent plus ensemble naturellement. Il faut beaucoup de temps pour se détacher de la foi investie dans les expressions magiques, et le réel ne ressort la tête qu'au prix de violentes déflagrations.

Un quart de siècle me fut nécessaire pour entendre, dans les agglomérats verbaux que le credo m'avait appris à proférer, le cluster antisémite. Au nom de la solidarité internationale avec les opprimés, il semblait et me semble toujours nécessaire de critiquer la politique d'Israël et de réclamer un État indépendant pour les Palestiniens. Toutefois l'extraordinaire passion mise à dénoncer l'État juif laisse sourdre, pour une oreille attentive, des obsessions meurtrières. Cette cause rallie les cœurs militants, communiant dans le port du foulard noir et blanc, et boycottant tout ce qui vient d'Israël, ses fruits, ses universitaires et ses artistes, comme si la paix du monde reposait en priorité sur la résolution de ce mal. Les drames du Chiapas, du Soudan ou du Tibet ne les retiennent pas, trop lointains, alors qu'ils connaissent la carte de la Palestine mieux que celle de la Corrèze, et sont capables d'en situer les moindres villages et champs d'oliviers menacés. Depuis des décennies, des intellectuels professionnels dénoncent sans relâche les crimes commis par les Israéliens, nouveaux nazis, et comparent Jénine ou Khan Younès à Auschwitz. Dans cet antisionisme s'entend l'antisémitisme repérable grâce au test des trois D : la Délégitimation de l'État d'Israël, considéré comme une imposture juive en terre arabe, la Diabolisation de ses ressortissants, accusés, comme au Moyen Âge, de tuer intentionnellement des enfants, et le Double standard qui conduit à reprocher à Israël ce qu'on tolère dans les autres pays environnants. Mais pour se prémunir contre l'accusation d'antisémitisme, les contempteurs d'Israël ont besoin de Juifs qui signent leurs pétitions, obtenant ainsi un blanc-seing : untel, juif, approuve leur texte, donc ils ne peuvent être antisémites. De fait ils trouvent des porteurs de nom juif qui accèdent à leur demande sans trop savoir qu'on les a sollicités pour cette seule raison, et j'ai tardivement compris pourquoi l'on souhaitait ma signature pour soutenir tel philosophe accusé d'antisémitisme. Autrefois les Juifs de cour se trouvaient surtout à droite, ils faisaient des ronds de jambe aux antisémites qui avaient ainsi leur « bon Juif », celui qu'ils citaient pour montrer qu'ils avaient les idées larges. Comme au temps de Proust, ces Juifs nourrissent encore l'illusion d'être intégrés dans les salons de la grande bourgeoisie, quitte à mépriser la juiverie dont ils proviennent. Aujourd'hui le bon Juif se repère aussi à gauche, dans les mobilisations antisionistes. Lorsque son militantisme devient outrancier et qu'il se déchaîne contre les lobbies juifs, on parle à son propos de « self-hating Jew », cependant son attitude relève moins de la « haine de soi » que du désir d'être aimé. Or pour se faire aimer, quand on est juif, il faut savoir être un peu antisémite, ou fricoter avec les antisémites.

L'antisémitisme européen fait-il retour ou a-t-il toujours été là ? À la fin du siècle dernier, mon père, avant de se donner la mort, était inquiet de cette résurgence, d'autant qu'il avait connu, en 1940, le démenti brutal de l'assimilation, lui qui ne se pensait pas juif et avait rompu avec ses origines mais fut dénoncé comme tel par ses camarades français. Il me confia que s'il avait à choisir de nouveau, il ne ferait pas circoncire son fils, tant il redoutait qu'un jour on traque à nouveau les Juifs. Il n'avait pourtant pas entretenu un quelconque esprit de haine ou de paranoïa après la guerre, et il m'avait même envoyé passer des étés en Allemagne, lorsque j'avais treize et quatorze ans, pour parfaire mon apprentissage de la langue de Goethe et d'Adenauer. Cependant il entendait gronder à nouveau une rumeur à l'égard des Juifs, soupçonnés par les milieux aussi bien privilégiés que populaires de constituer une société de riches qui avait pris le pouvoir dans les banques, la presse, la médecine, la culture, la haute administration. Quelques années plus tard, je retrouvai mon nom sur des sites internet qui dénonçaient la présence des Juifs dans les médias. Animant une émission de philosophie sur une radio publique, je figurais dans les listes établies par des groupes d'extrême droite et d'extrême gauche tendance Dieudonné. Peu gênés par cette collusion rouge-brune, les thuriféraires de ce « comique », antisémite notoire et multicondamné, voyaient en lui un résistant face à l'establishment, donnant libre cours à un négationnisme hilarant, avec Faurisson en leader, servi par le tube de « Shoananas » et le gimmick à succès de la quenelle, signe de reconnaissance des anti-Juifs de tous bords.

Toutefois ces tristes engouements me semblaient encore limités à des marginaux pétris de ressentiment. Ce ne fut qu'à la fin 2008 que se produisit, pour moi, le choc révélateur, un petit séisme intime qui instaura un avant et un après.

Cet hiver-là, j'habitais dans le XIIIe arrondissement de Paris et souvent d'imposantes manifestations passaient sur le boulevard Arago, longeant la faculté de théologie protestante et la prison de la Santé. Il m'arrivait d'y prendre part, surtout en ces temps de ministère de l'Identité nationale qui rappelaient de fâcheux souvenirs. La politique étrangère mobilisait rarement les Français, sauf la Palestine, surtout depuis les affrontements systématiques entre Gaza et Israël qui avaient abouti alors, après des centaines de roquettes tirées sur le territoire hébreu, à une invasion massive de l'armée israélienne. Par dizaines de milliers, chaque semaine, des manifestants venaient dénoncer l'intervention disproportionnée de Tsahal et, ce jour-là, je pensais défiler avec les militants de La Paix maintenant, qui soutenaient le principe de « deux peuples, deux États ». Cependant je rejoignis le rassemblement, accompagné d'un ami sympathisant de la cause. Nous avions pris la décision de rester en bordure de cortège, ne trouvant pas une bannière qui nous convainque. Nous sentions une immense colère ambiante, distincte de celle qui anime les manifestations même violentes où l'euphorie d'être ensemble diffuse une joie frondeuse. Là, une pulsion de mort se répandait parmi les crieurs de slogans et, sans arriver à en croire nos oreilles, nous entendîmes distinctement : « Mort aux Juifs ! » Non pas une voix isolée, mais un hurlement collectif et dense. Il n'était pas possible de l'ignorer. Cette petite foule repérable était constituée d'hommes dont certains étaient habillés en vert, aux couleurs du Hamas et, collés à eux, devant et derrière, les drapeaux rouges familiers des cortèges, avec leurs sigles de partis connus de la représentation nationale, flottaient fraternellement. Boulevard du Montparnasse, un autodafé donna lieu à une excitation en cercle autour du drapeau israélien et son étoile de David, brûlant parmi d'autres objets, des textes et des figurines. Je demandai à mon ami s'il entendait comme moi ces paroles, cependant il préféra partir, gêné comme s'il était soudain tombé devant un spectacle pornographique. J'insistai pour qu'il constate l'appel au meurtre, et je compris alors la foi du déni, car son refus d'entendre était comme un évanouissement volontaire devant le réel. Dans le quartier, certains visages blêmes témoignaient pourtant de l'effroi causé par ces mots criminels. Un professeur d'arabe me confirma plus tard que le slogan avait été répété dans cette langue tout au long du boulevard Port-Royal où il habitait. Une voisine me confia : « Vous avez entendu ? C'est épouvantable ! », sur le ton bas de l'atterrement. Quelque chose d'inimaginable s'était glissé dans les oreilles des Parisiens, ramenant une ancienne rumeur qu'on avait crue disparue depuis des décennies. Je pensai alors aux Noudelmann et aux Friedmann qui avaient dû porter l'étoile jaune à Paris, où ces mêmes appels au meurtre recouvraient les murs et les vitrines. Je revoyais ma tante et mes cousins me montrant l'insigne de l'infamie, conservé dans une boîte à chaussures, me racontant les réactions des passants qui les scrutaient ou détournaient le regard, m'expliquant leur stratégie pour prévenir la rencontre d'Allemands ou de miliciens. Leur anxiété ou leur terreur me devinrent soudain plus proches et tangibles. Ainsi, soixante-cinq ans après, sur les boulevards de la capitale, on pouvait entendre hurler de nouveau la haine des Juifs. Et peu importe que ces hommes irascibles fussent français ou non, ils étaient encadrés par des militants reconnus, et ils bénéficiaient de leur compréhension, voire de leur sympathie. Le ton était donné et la chasse pouvait recommencer, ce qui se reproduisit en 2014, quand des synagogues furent incendiées au cours de manifestations menées par les mêmes organisateurs et les mêmes partis. Je pris alors la décision de ne plus jamais parler, d'une manière ou d'une autre, du conflit israélo-palestinien en France, et de ne plus m'associer à une quelconque discussion sur la judéité, même avec des amis aussi éclairés qu'Abdelwahab Meddeb, un homme des Lumières auquel l'extrême gauche antisioniste préféra bientôt Tariq Ramadan.

Le choix du silence alla de pair avec un surcroît d'écoute – on entend mieux quand on se tait – et je devins attentif au déni du mal presque autant qu'au mal lui-même. Dire que la France est aujourd'hui un pays où l'on tue des Juifs parce qu'ils sont juifs est une phrase que je n'arrive certes pas à énoncer sans réserve. D'une part, elle dit une vérité objective, de l'autre, elle surestime l'antisémitisme national. Elle se cogne à l'impossibilité de nommer le mal, suscitant des contournements stylistiques pour qualifier ces crimes et leurs auteurs : un antisémitisme « nouveau », « subtil », « radical », « importé », « de quartier », « islamiste », qui viendrait de « loups solitaires », de « déshérités », de « révoltés »... toutes formules qui tournent autour de la chose. Il faut désormais des adjectifs et des périphrases pour qualifier la haine des Juifs et l'expliquer, voire la comprendre, même si on la déplore. Lorsque l'antisémitisme venait des néonazis et de l'extrême droite, il était pur comme le fer de la croix gammée, il était nommé et dénoncé par la nation, la partition était claire, et l'ennemi conspué. Mais le harcèlement et la mise à mort des Juifs en France, au XXIe siècle, suscite à présent la gêne plus que l'indignation. En 2006, le meurtre barbare d'Ilan Halimi fut une première alarme, puis en 2012 ceux de Jonathan Sandler, de ses jeunes fils Arié et Gabriel, de Myriam Monsonégo, une petite fille de huit ans, abattue à bout portant, ont suscité l'incompréhension après que la police et la presse se furent orientées vers des néonazis pour enfin découvrir un tueur franco-algérien décrit alors comme solitaire et déséquilibré. La France prit la mesure du problème en 2015 avec l'assassinat, dans un hypermarché casher, de Philippe Braham, Yohan Cohen, Yoav Hattab et François-Michel Saada, deux jours après la tuerie perpétrée contre les journalistes et dessinateurs de *Charlie Hebdo* et ses douze morts, ceux-ci parce qu'ils incarnaient la liberté d'expression, ceux-là parce qu'ils étaient juifs. En 2017 et 2018, ce sont des femmes âgées, Sarah Halimi et Mireille Knoll, rescapée du Vél'd'Hiv, qui furent l'une torturée et défenestrée, l'autre poignardée et brûlée, au cri de « Allahou Akbar ». C'est donc en sourdine que de nombreux Juifs français, tels mes cousins maroquiniers du XVIIIe arrondissement, ont changé de quartier, ou que d'autres sont partis vivre en Israël où leurs enfants s'étonnèrent d'entrer dans leurs écoles, de fréquenter leurs centres culturels sans un bataillon de gardes armés pour les protéger.

J'écris ces mots alors que je vis désormais sur un autre continent et dans une ville plutôt philosémite. Je n'ai pas « quitté la France » pour autant, mais j'ai choisi de changer d'air, et de vivre, à la distance d'un océan, le flottement que les exilés connaissent par cœur, lorsque les évidences, les habitudes et les liens se relâchent. L'existence lointaine allège le poids de la nationalité à laquelle on appartient. Dans le mot appartenir résonne curieusement l'idée de « se tenir à part », comme si le sentiment de l'appartenance recelait une séparation. Vivre l'étrangeté dans un pays lointain m'éclaire, par effet retour, sur cette impression, ténue mais fréquente et ancienne, que j'éprouvais de ne pas me sentir pleinement « chez moi » dans le pays de ma citoyenneté, alors même qu'il demeure toujours le mien et que l'expatriation m'en fait éprouver la dette. Je devrais plutôt parler du sentiment diffus de « ne pas en être », afin d'éviter le caractère trop possessif du « chez-soi » et son arrogance de propriétaire, une expression moins territoriale et qui s'applique à des milieux plus ou moins définis. Précisément c'est parce que j'étais chez moi que j'avais souvent l'impression de ne pas en être. Celles et ceux qui connaissent une telle sensation, éprouvée lors d'une réception mondaine ou au sein d'une profession répertoriée, savent qu'elle peut se manifester sans drame ni embarras, car au lieu d'une exclusion brutale, elle instaure un entre-deux où l'invité participe sans adhérer. Qu'ils soient juifs, noirs, arabes ou étrangers fraîchement naturalisés, parias ou parvenus, ils savent qu'ils n'ont pas la carte du club. « Ne pas en être » est une façon d'y être tout en ressentant combien l'assise reste instable, que l'on n'est pas ancré, qu'il n'y a pas des générations derrière soi pour tenir l'assiette, ni une projection de descendants qui pourront s'asseoir sur ce capital de bons usages, ce matelas qui amortira tous les chocs de l'existence et empêchera de verser dans l'inconnu, dans le ruisseau. Sans doute, la plupart des déclassés – provinciaux, issus de milieux populaires –, qu'ils soient ou non français de longue date, partagent-ils ce sentiment, mais il n'existe pas de communauté de ceux « qui n'en sont pas », tout au plus des associations provisoires, et chacun se retrouve seul, à se demander ce qu'il fait parmi ceux « qui en sont ». Car l'accès aux privilèges n'y change rien, une fois acquis le confort d'un métier et d'un quartier parmi les assis qui n'imagineraient pas qu'on ait pu se trouver avec eux sans avoir suivi le même parcours. Le « ne pas en être » ressurgit, sans malaise, avec l'idée qu'on pourrait ou aurait dû se trouver ailleurs si les circonstances en avaient décidé autrement. Avoir eu un père qui vendait des cravates sous un parapluie à Montmartre m'a conduit, durablement, à éprouver autant d'admiration pour un bonimenteur de marché qui captive les acheteurs autour d'un objet ordinaire que pour un universitaire qui commente savamment la troisième *Critique* de Kant.

Ne pas arriver à se sentir au milieu mais toujours sur les bords prédispose à l'écart et à la tentation du départ en terre étrangère, fût-ce pour y retrouver le constat de « ne pas en être », avec des coefficients différents selon les pays de culture atavique aux fortes féodalités, ou ceux d'immigration où les différences se rencontrent en surface. Au Japon ou aux États-Unis. On voisine dans les premiers, on traverse les seconds. Parfois la collusion est extrême entre la proximité et l'étrangeté, lorsque se superposent une grande sympathie avec la culture étrangère et la conscience d'une distance qu'aucun savoir ne viendra jamais combler. Toutefois la solitude qui en résulte est vécue sans l'angoisse de « ne pas en être », car elle provient d'un simple constat et elle incite à se livrer, pourvu qu'on n'y résiste pas, au décollement des certitudes : penser, rêver, goûter, voire aimer tout autrement, découvrir que la familiarité du chez-soi n'était qu'un lieu et un temps de passage, non pas une propriété mais une location, une résidence temporaire ; tresser des nœuds d'affects, des liens qui mêlent l'amour et la pensée, qui se poursuivent plus ou moins après la traversée des milieux, et qui laissent la trace des étreintes, comme des tatouages anciens devenus indifférents.

En résidant souvent « ailleurs », j'ai poursuivi le relativisme de mon enfance lorsque, passant d'une maison et d'une ville à l'autre, je changeais de culture, apprenant qu'ici on dîne à telle heure, que là on parle doucement, ou que là-bas on ne mélange pas telle et telle couleur. Avoir eu des parents qui se sont mariés chacun trois fois, sans compter leurs relations officieuses, explique peut-être mon instabilité sentimentale. Je glisse, je fuis, j'étouffe lorsque je demeure trop longtemps. Je connais la joie de partir sans rien dans les poches, de ne pas être lesté, de ne maintenir les relations et les lieux que par choix et non par habitude. Un psychanalyste, lui-même fils d'immigré espagnol, m'a dit que les individus ne sont pas égaux devant le passage à l'acte. De fait je suis étonné par la difficulté, et souvent l'impossibilité de certains à changer de vie, d'époux ou d'épouse, de métier, de pays, attachés qu'ils sont à leurs amis d'enfance, à leur maison de famille ou à leur carrière. Pour autant je n'érige pas le nomadisme en modèle et respecte celles et ceux qui font l'éloge de leurs racines et entendent préserver le monde où ils demeurent, du moins quand ils ne s'enferment pas dans le fantasme d'une immunité exclusive. Ma disponibilité à partir, ou peut-être cette névrose, n'est sans doute pas étrangère à la vie de ceux qui ont porté mon nom. Elle confirme probablement la légende de l'errance juive, avec sa réalité et son imaginaire, bien que pour connaître le poids des déterminations sociales et psychologiques, l'auto-analyse soit une grande pourvoyeuse d'illusions. Le déplacement à travers les mondes, l'acceptation pluraliste de leurs différences, la transformation de soi au gré des voyages me semblent des modalités de l'existence juive, partagées au-delà de toute communauté par nombre d'exilés. Être dedans et dehors, convertir le sentiment de « ne pas en être » en désir d'être temporairement quelqu'un d'autre, se sentir japonais, catalan ou martiniquais, se rendre perméable à l'inconnu, vivre hors de soi, être dérouté par des affinités imprévisibles, ainsi vont les errants, juifs ou non.

Il y a longtemps que j'ai commencé à partir et d'abord pour les États-Unis, le pays synonyme de l'immigration. Juste après que mon père s'était fait exploser la têtc, à la fin du sièclc dcrnicr, nous nous y sommcs installés en couple avec nos deux enfants, vivant pour la première fois dans une maison, comme des pionniers imaginaires, prêts à mener la vie conventionnelle de nouveaux arrivants qui veulent s'intégrer au *melting pot*. Tout en cherchant à fuir le souvenir du suicidé, ayant résolu de bannir toute photographie ou lettre de mon père – ce qui fut le cas jusqu'à aujourd'hui –, je me rejouais le film des immigrants juifs arrivant à New York. Le scénario généalogique m'attendait comme le bonbon qu'un enfant ne résiste pas à croquer. Au début du XXe siècle, le jeune Chaïm avait quitté les pays baltes, en quête d'un pays hospitalier pour les Juifs, et il avait traversé toute l'Europe vers l'ouest, arrêtant sa carriole de brocanteur en France. S'il avait eu les moyens de payer un billet pour prendre le bateau, ne serait-il pas allé en Amérique, comme l'ont fait un million des siens fuyant les pogroms d'Europe orientale ? Juif russe, il serait arrivé à Ellis Island et n'aurait probablement pas passé sa vie dans un hôpital psychiatrique. Il serait devenu marchand de meubles à Brooklyn, ou violoniste, ou voyou... Moins de cent ans plus tard, je terminais son parcours, je traversais l'Atlantique autrefois infranchissable et je réalisais son destin d'émigré juif, enfin affranchi de l'Europe antisémite. Telle était la petite mythologie qui courait dans ma tête en cherchant à renaître sur ce nouveau continent. La langue étrangère me pourvoyait de ses réglages inouïs entre les mots et les choses. J'enseignais en anglais ; mes enfants, tels des caméléons, avaient pris un accent de natifs dans leur école et jouaient au base-ball. Grâce à mon jumeau américain, un ami qui adorait la France et rêvait d'y vivre, nous avions quasiment tout échangé, nos postes professionnels, nos logements, nos voitures, et je m'étais mis dans sa peau. J'appris à manier la pelle pour déblayer la neige, j'allais chercher des produits bio dans les fermes de Long Island, je fréquentais les concerts de Carnegie Hall avec ses collègues. Nous parcourions les États de ce pays mosaïque dont le drapeau omniprésent masque l'extraordinaire diversité – telle est sans doute sa fonction de rassembler sous quelques étoiles des populations et des cultures aussi hétéroclites.

Cette *vita nova* se nourrissait d'un récit contradictoire qui visait, dans le même temps, à oublier une parenté disparue et à retrouver une impulsion généalogique lointaine. Et lorsque la mythologie gouverne une existence, la névrose n'est jamais loin, surtout quand elle se pare d'une recherche de l'origine authentique, la meilleure alliée de la mauvaise foi. Sans doute n'étais-je pas prêt à imposer cette fiction personnelle à mon entourage et, pendant les vingt ans qui suivirent le retour à Paris, je me suis divisé entre la France et les États-Unis, par d'incessants allers-retours et séjours temporaires. La vie pendulaire avait du bon, avec ses départs enthousiastes et ses douces rentrées : souvent la France me paraissait insupportable avec sa morgue d'ancienne puissance devenue provinciale, puis, quand je revenais, je la trouvais d'une grande beauté, tempérée et touchante. L'université autorise ses chercheurs à résider quelques semaines, voire des mois, dans un pays étranger, et je recherchais ce plaisir d'être ailleurs, sans le réserver à l'Amérique. Lors de chaque séjour un peu long, je jouais avec l'idée de m'installer durablement, tantôt à Barcelone ou Moscou, tantôt à Rio ou Tokyo. Je trouvais mon chemin entre l'idéal des voyageurs que décrit Baudelaire, ceux qui « partent pour partir », et l'expérience de l'altérité préférée par Lévi-Strauss, qui recherchait la plongée dans des cultures différentes. La joie de changer de perspective correspond, à une échelle modeste, au regard éloigné des anthropologues. Briser ses propres représentations, se rapprocher du plus distant puis, en retour, percevoir ce qui était proche avec les yeux du lointain, voilà qui déracine l'esprit et le libère de ses stéréotypes.

La ville où je demeure à présent est la plus étrangère et, pour cette raison, la plus familière. À New York, n'importe qui peut se sentir new-yorkais, d'où qu'il vienne, et trouver son souffle à côté des clichés qui la représentent. Je me livre à son fantasme sans prévention, à peine le pied posé sur son asphalte, au sortir d'un avion, le corps aspiré dans ses artères, irradié par l'énergie de ses flux incessants de peuples et de lumières. Au-delà de son architecture spectaculaire qui frappe dès le premier regard, elle est avant tout un processus intense qui se diffuse à même la marche, dans la provocation des rencontres et des perspectives, que l'on y vive en relation ou dans la solitude. Traversée comme aucune autre, ouverte sur l'infini à chaque carrefour, contrairement aux cités-forteresses de l'Europe, elle remet en cause le lieu tout comme le temps. Le « où je suis » y perd son importance, mais on n'échappe pas non plus à la question du « quand je suis ». Toujours associée à la modernité et au travail faramineux d'effacement et de recommencement, New York n'en exhume pas moins ses feuilletés de temps. Toutes ses strates demeurent, dans les fumées soufflées du bitume : New Amsterdam, les peuples migrants, les premières élévations, l'esprit des avant-gardes, le 11-Septembre, dont les mémoires se déplacent entre nostalgie et renaissance. À la différence des augustes cités telles que Rome, l'histoire n'y impose pas de profondeur, les couches temporelles survivent collées dans la surface du macadam et sur l'acier des façades. Cette ville dont le monde ne cesse de déclarer, voire de souhaiter la fin, à travers des films ou des imprécations morales, tant elle suscite fascination et répulsion, je l'ai aimée dès le premier jour, dans les années quatre-vingt, découvrant la liberté fiévreuse de ses docks au bas de l'Hudson, et cette possibilité d'être singulier sans jamais être jugé. Encore aujourd'hui je m'émerveille de voir un couple d'hommes de couleurs différentes, dont l'un porte à découvert une jambe mécanique, s'enlacer sans être remarqués le moins du monde, alors qu'ils traversent un square bondé de Manhattan, à la fois hors du temps et ultracontemporains. Ici je vis selon de nouvelles perspectives, c'est-à-dire des trajectoires qui donnent une autre géométrie à mes pensées et mes désirs. Que je regarde par ma fenêtre vers Lower East Side, que je prenne le ferry pour flâner à Brooklyn ou le train pour filer le long de l'Hudson, la dilatation des rythmes et des espaces modifie jusqu'à l'oxygène de mon sang.

Pour autant cette bigarrure demeure lestée, aux États-Unis, par une longue histoire de la ségrégation, et la notion de race écorche toujours les oreilles d'un Français comme moi pour qui elle reste taboue, et son emploi signe de racisme. Lorsqu'il me faut indiquer, sur les registres administratifs, à quel groupe ethnique j'appartiens, je n'arrive jamais à cocher une case sans un immense embarras. La première fois, rebuté d'avoir à me ranger parmi les Caucasiens, j'ai indiqué « latino », par sympathie, mais l'officier a rectifié l'erreur et je me suis aperçu alors que lui-même était, comme on dit, « de couleur ». Soupçonné de vouloir bénéficier d'un traitement de faveur, je coche à présent la case des « Blancs » qui inclut les peuples d'Europe, du Moyen-Orient et d'Afrique du Nord. Bien que j'abhorre les identifications, si je dois me définir, lorsque je suis à l'étranger, c'est le mot de Français qui vient le premier. Comme pour tous les exilés – un terme que je préfère à celui d'expatrié –, des événements politiques et culturels ravivent de temps à autre l'appartenance au pays natal, quand bien même l'on a décidé de ne plus lire les journaux ni de regarder les télévisions françaises. Pendant ses dernières années à New York, Édouard Glissant qui, lui, n'appréciait pas cette ville, lui préférant la Louisiane pourtant raciste mais plus proche de la Martinique, continuait de lire *L'Équipe*. Nous ne manquions aucun match de rugby impliquant la France que nous allions soutenir dans les bars, au milieu d'anglophiles peu amènes. Avec l'éloignement, et dans la langue qui ordonnera pour toujours mon rapport au monde, bien que je découvre des émotions inédites en moi grâce aux images, aux sensations et aux idées recelées dans une autre langue, je m'interroge sur ce qui me fait français, et ce sont moins des fromages ou des terroirs que des œuvres qui surgissent. Lorsque je lis Montaigne ou Marivaux, leurs tournures de phrase agissent sur mes poumons et mes nerfs, et elles déclenchent, par le rire, la raison et les sons, une harmonieuse complicité. Plus encore que toute confirmation langagière, la musique de Fauré, de Debussy et de Ravel me dit, sans les mots, que je suis français, même si je peux pleurer avec des compositeurs italiens, allemands, russes ou espagnols. J'y reconnais mes modalités et mes intensités. Et je ne regarde jamais le piano de la Maison française de New York, où j'ai installé mes pénates, sans penser aux mains de Poulenc qui se sont posées sur son clavier.

Mais l'histoire ne renonce jamais à son ironie et c'est au moment où j'avais pris mes résolutions, où j'avais établi les réglages entre ma vie de Français à l'étranger et mon pays de naissance que la mémoire familiale se rappela à moi, de manière inattendue, alors que le monde s'était figé dans ses frontières à cause de la pandémie de covid. Parti pour une durée indéterminée, peut-être définitive, j'avais abandonné jusqu'à la responsabilité d'honorer, ou plus simplement de nettoyer, la tombe commune de ma grand-mère, et voilà que je fus invité dans le cimetière français qui avait retrouvé trace de mon grand-père Chaïm. Cette sollicitation arriva en pleine période de panique due au coronavirus, provoquant le retour de nombreux Européens dans leur pays d'origine. Par précaution, si jamais la mort les prenait, ils rejoignaient la terre de leurs ancêtres. On mesure parfois l'attachement à la terre natale au souci d'y être enterré, toutefois, n'ayant aucun imaginaire de l'au-delà, j'avais du mal à comprendre une telle inquiétude. Ce ne fut donc pas en vue de mon inhumation future, mais pour assister à la rénovation d'un cimetière abandonné que je revins sur les traces funéraires de mon fou grand-paternel, embringué, post-mortem, dans une guerre locale sur la commémoration des aliénés.

Il est des oublis qui relèvent de l'hygiène mentale, il en est d'autres qui procèdent d'une politique négationniste. À Cadillac, le cimetière des fous, qu'on a fini par appeler cimetière des oubliés, faisait une tache dans l'histoire de cette jolie cité girondine et, par une volonté d'effacement doublée d'intérêt mercantile, son maire projeta, en 2007, de le détruire et de le recouvrir d'un parking. Face au pouvoir administratif, quelques résistants de la mémoire fondèrent une association pour lutter contre les bulldozers et préserver les restes, ossements et reliques, de ce lieu de relégation. Son président, Michel Bénézech, un anticonformiste, médecin légiste, psychiatre, juriste et historien, a recherché les noms, les dossiers médicaux des malades, a enquêté sur l'histoire de la folie en France pendant l'Occupation et, craignant qu'elles ne disparaissent, a photographié mille trois cents vestiges de tombes. Contre l'inculture et l'arasement, ses amis et lui ont obtenu que le bétonnage soit stoppé, grâce au classement du site en 2010, et que finalement un projet de réhabilitation soit lancé par le conseil régional. Au bout de treize années de luttes, le cimetière a été restauré et « inauguré » le 19 septembre 2020.

Ce qui n'était qu'un sol caillouteux jonché de croix bancales, de plaques d'identification brisées, d'objets funéraires éparpillés, est devenu un rectangle bien ordonné, joliment illuminé la nuit, destiné à un parcours touristique dont la ville pourra tirer profit. Les sépultures restantes ont été uniformisées, alignées au cordeau, selon une esthétique sobre et élégante. Curieusement, ce qu'on appelle le « devoir de mémoire » ou la consécration des « lieux de mémoire » peut concourir à l'oubli, tant ces hommages recouvrent les histoires brouillonnes et singulières sous les dalles de l'officialisation. Certes, les noms des aliénés de Cadillac figurent désormais par milliers sur un mur d'acier couleur rouille, à côté d'un corbillard d'époque pour la décoration ; certes, des plaques d'étain bien propres et lisibles ont été placées sur les croix décapées ; certes, des panneaux pédagogiques recensent les poilus enterrés depuis 1923 et les mille cent quatre-vingt-cinq décès survenus entre 1941 et 1945. Mais les chiffres et les symboles, s'ils rendent justice aux oubliés, ont été peu soucieux de leur corps et de leurs restes, maltraités dans les coulisses du chantier. Le vidage de l'ossuaire avec une pelleteuse, selon les témoins, mélangea les ossements dans de grandes bâches suspendues par des filins, desquelles tombèrent des bouts de squelettes, comme dans un film d'horreur. Ces débris, telles des branches d'arbres équarris, furent transférés dans le cimetière communal, car une cuve de fer contenant les os de centaines de morts risquait de gâcher la vue sur le nouveau paysage funéraire qui remplacerait le chaos des tombes abandonnées. Il ne subsiste plus rien des objets-souvenirs laissés par les familles au fil des ans, eux aussi jetés dans la déchetterie des morts.

Réunis pour l'inauguration à laquelle je m'étais décidé à participer, une centaine d'invités masqués dut écouter d'abord une fanfare militaire devant une dizaine d'anciens combattants, coiffés de bérets, casquettes et képis, affichant des rangées de médailles et portant des drapeaux français sur leur hampe de défilé. Un carré spécial, à l'intérieur du rectangle des fous, avait été en effet disposé pour les morts de 14-18. Cette distinction honorifique ne fut pas une mince affaire non plus, car des responsables du Souvenir français, une association veillant sur les tombes des soldats « morts pour la France », ne reconnaissaient pas ce statut aux fous : ils n'avaient pas été tués sur les champs de bataille et, à leurs yeux, ils ne donnaient pas une image glorieuse de l'armée. Les mutilés du cerveau, déclarés « blessés psychiques », obtinrent toutefois gain de cause, post-mortem, ils eurent droit à leur périmètre et, ce jour-là, un orphéon joua pour eux *La Marseillaise*. À cet instant je me souvins de mon père et de sa détestation des cérémonies d'anciens combattants, bien qu'il eût sa carte et qu'il reçût à vie une pension pour son oreille perdue. Il avait passé sept ans sous les drapeaux, trois ans de plus que Chaïm, suffisamment pour ne plus avoir à souffrir la vue d'un uniforme ! Les trompettes et les caisses claires furent suivies des discours des élus locaux et les invités purent enfin déambuler dans ce cimetière tout neuf des fous sauvés de l'oubli.

Je partis en quête du nom de Chaïm parmi les trois mille inscrits, classés par année de décès. Après l'avoir cherché parmi les patronymes découpés sur la plaque de rouille, anxieux comme devant le tableau des résultats du baccalauréat, je le trouvai enfin, en bas d'une rangée de soixante noms, quasiment au ras du sol, et je dus m'agenouiller pour vérifier que ses nom et prénoms étaient correctement orthographiés. Cet homme oublié de tous, effacé des mémoires familiale et nationale, était enfin reconnu, figurant au milieu des fous de Cadillac et dans la section outrageusement nombreuse des morts de 1941. L'enquête sur sa vie asilaire me l'avait rendu assez proche pour que cette inscription sur une stèle officielle m'émeuve. Je m'orientai alors vers le mur latéral où quatre panneaux, plus majestueux, déclinaient les insignes militaires et la phrase « aux soldats morts pour la France ». Mais là, Chaïm ne figurait pas au tableau d'honneur. Je relus les listes dix fois de suite, en vain. Bien qu'il fût « engagé volontaire juif » en 14-18, bien qu'il eût combattu dans les tranchées, bien qu'il eût reçu une bombe de gaz moutarde, bien qu'il eût passé la moitié de sa vie à l'asile en tant que mutilé du cerveau à cause de la guerre, Chaïm n'avait droit qu'au mur du fond, juste fou, pas fou de guerre, pas fou pour la France. Exclu du carré des anciens combattants. Oublié une deuxième fois dans ce cimetière des oubliés rénové. Oublié au carré ! La reconnaissance a ses limites, ses négligences ou ses refoulements. Même les ossements de Chaïm ont été expulsés de ce cimetière au moment où la région en réhabilitait l'existence. Mélangés aux restes de la fosse communale, écrasés par les pelleteuses, ils étaient désormais réduits en poussière. Chaïm ne reposerait pas en paix et serait pour toujours un mort sans sépulture.

Déchiré entre des sentiments contradictoires, j'éprouvais d'un côté la satisfaction de voir le nom de Chaïm Noudelmann figurer sur un monument funéraire, le sauvant de sa disparition dans l'anonymat d'une fosse commune, ou de ce qu'on appelle aujourd'hui, plus généreusement, une « terre commune ». De l'autre, l'amertume de constater son évincement du bataillon des anciens combattants, l'affront de cette reconnaissance avortée du sacrifice qui affecta vingt-deux années de sa vie et de celles de sa femme et de son fils. Sur le site internet créé pour les familles des Oubliés de Cadillac, j'entrai le nom de Chaïm et, dans la désignation de son pays, ce n'est pas la France mais le nom d'Israël que je découvris, contre tout bon sens puisque ce pays n'existait pas encore de son vivant et que mon grand-père était français depuis 1927. Je ruminais à la terrasse d'un des cafés de Cadillac qui entourent la mairie, où l'on croise des patients de l'hôpital psychiatrique, aujourd'hui autorisés à sortir seuls quelques heures. Étais-je soudain attaché à ce nom de famille au point de le vouloir inscrit fièrement dans une histoire française ? Devais-je assumer d'être un « petit-fils de poilu », comme je me vis désigner dans un reportage télévisé sur la rénovation de ce cimetière ? Le sacrifice de Chaïm m'oblige à l'égard de la France et il ranime étrangement ma fidélité : résidant hors du territoire national, je connais l'amour de loin et le plaisir de l'aller-retour d'un amant à double vie. Mourir pour la patrie, je l'accepterais avec une noble cause, et non par aveuglement nationaliste. La *Marseillaise* me fait pleurer davantage lorsqu'elle est chantée à Casablanca dans le cabaret d'Humphrey Bogart que lors d'une cérémonie officielle avec fanfare. Désirais-je une nouvelle réparation et l'inscription du nom de mon grand-père au tableau d'honneur des anciens combattants ? Cette prétention ne renforçait-elle pas la vanité de tous les noms propres, qu'ils soient gravés dans le marbre ou l'acier ? Cependant, même si l'histoire de Chaïm n'est pas la mienne, elle se perpétue à travers le nom des pères, que cette transmission soit assumée, rejetée ou suspendue. Elle a ouvert une séquence qui se prolonge jusqu'à moi et déroule bientôt cent années d'identité française.

Le sens de l'héritage m'apparut alors plus clair, ou du moins il me sembla osciller entre deux écueils opposés : d'une part l'orgueil de l'individu qui ne veut pas hériter, qui croit ne tenir que de lui-même et s'honore d'être libre d'autant plus qu'il ignore les raisons qui le gouvernent. D'autre part, la romance psycho-généalogique de celui qui se pense un « descendant » et qui s'identifie à bon compte aux traumatismes de ses ancêtres. Je suis paradoxalement tombé dans le premier piège, héritant du refus de l'héritage d'une famille qui se voulait sans histoire et dans laquelle chacun pouvait remettre les compteurs à zéro. Programmé pour être sans programme, je vivais comme Chaïm et Albert qui rejetèrent leur filiation et leurs coutumes, même celle de la religion à laquelle ils ne croyaient plus et qui aurait pu leur procurer le sentiment d'une solidarité. Plus je prends de l'âge, plus je perçois combien cet affranchissement est présomptueux et, pour le dire avec les mots de la philosophie, je deviens de plus en plus freudien, doutant de ce que je crois avoir choisi par moi-même, tout en résistant au second piège de l'héritage.

Il suffit de peu de chose pour ouvrir la boîte aux fantômes : ayant noué des liens avec d'autres petits-enfants des fous de Cadillac, je reçus le message d'une descendante que son grand-père visitait souvent dans ses rêves. Elle avait aperçu le mien qu'elle décrivit avec une certaine justesse, soulignant sa petite taille, sa douceur et sa mélancolie, sans connaître aucune archive. Médium, elle avait accès à un autre monde et les morts lui parlaient silencieusement avec un langage qu'elle seule savait entendre. Chaïm allait-il lui aussi communiquer avec elle et pourrais-je lui transmettre mes questions ? « Vous vous ressemblez », me confia-t-elle et, quand je lui opposai un démenti, lui révélant n'avoir connu aucune des grandes souffrances de mon grand-père, elle maintint que nous étions également doux et que nous avions la même sensibilité. Je lui demandai de m'avertir s'il apparaissait de nouveau dans ses visions. Elle me rappela pour me donner une information essentielle et renversante : je croyais mener une enquête sur lui, mais en fait c'est Chaïm qui me cherchait !

Il aurait pu me hanter si je l'avais poursuivi au milieu des champs de coquelicots d'où il me fit un geste, transporté par l'imaginaire de cette petite sœur de Cadillac. Mais je résistai à ses mirages et, à présent, de tous les documents glanés depuis ma visite à Sainte-Anne, je ne conserve de lui que sa petite carte des volontaires juifs de 1914-1918, car elle signe l'acte fondateur de notre francité. Elle inaugure des générations de Français, de François. Sa signature à l'encre bleue est celle d'un homme qui ne sait pas écrire, pas même son nom, comme l'exercice d'un enfant de classe préparatoire. Dans un bureau de recrutement des Juifs, Chaïm s'est engagé sans savoir ce qui l'attendait pour les années à venir, mais après tout, son nom, en hébreu, signifie « les vivants ». Confiant, il lui fallait avancer, parce qu'il avait fui les pogroms de l'Est et qu'on lui avait promis qu'un jour il deviendrait français. Au bout du chemin que reste-t-il de ce voyage entrepris par Chaïm quand débutait le XXe siècle ? Qu'a-t-il réussi, qu'a-t-il échoué à réaliser, si tant est que l'échec ait un sens pour qui a perdu la boussole ? L'écriture tremblée de cet homme dont je n'ai jamais touché le corps ni la tombe me rappelle à jamais comment les vies s'embarquent, par hasard et par destin. Je ne contresignerais pas aveuglément cet engagement, mais je le fais mien, moins par dette généalogique que par solidarité avec tous les exilés, les sans-lieux, les errants, juifs ou non, en mémoire des immigrés espagnols et italiens qui se pressaient, pendant la guerre, dans la gare de Langon, à quinze kilomètres de Cadillac pour passer la ligne de démarcation, en mémoire des Sénégalais qui ne furent pas que des tirailleurs et dont plusieurs échouèrent aussi dans cet « asile ». Devrait-on rappeler que le sens premier de l'asile est un refuge pour les maltraités, pillés, affamés, violés, capturés : littéralement, le lieu où l'on ne saisit pas, où l'on ne dépouille pas, où l'on ne viole pas ? Sur cette carte d'engagé, le nom de Chaïm est surmonté de deux drapeaux croisés, l'un bleu et blanc, aux couleurs des enfants de Sion, et l'autre bleu blanc rouge. Albert, son fils, porta ces couleurs bleu blanc rouge sur son calot pendant sept années. Tous deux sont restés fidèles à leur pays d'adoption et de naissance, le premier abandonnant tout son passé russe pour y vivre et y mourir, certes pas comme il l'aurait espéré, le deuxième, peu voyageur, quittant son Paris natal pour finir sa vie dans le Massif central, certes pas comme on l'aurait imaginé. La poussière de leurs os ne repose pas dans un caveau de famille, elle est disséminée dans le sol de France, celle de Chaïm, délayée dans les boues de la Gironde, ayant peut-être été rejointe par celle d'Albert, diluée dans une rivière du Limousin.

Faute de lieu où me recueillir, je pense à mes morts sans feu ni lieu, par le détour d'un mot et le hasard le plus saugrenu. Ainsi m'est revenu le souvenir de Chaïm, à l'improviste, lorsque est morte Aretha Franklin, et que les radios américaines diffusaient, en hommage, l'une de ses chansons les plus entraînantes, dont les paroles invitent à prendre la voiture pour faire un tour en amoureux :

We goin' ridin' on the freeway of love
Wind's against our backs
We goin' ridin' on the freeway of love
In my pink Cadillac

Le nom de cette automobile de luxe associa les images hollywoodiennes des voitures les plus kitsch à la ville où Chaïm termina sa vie. Peu de conducteurs de Cadillac savent que cette marque rend hommage à un Gascon, Antoine de Lamothe-Cadillac, qui partit à l'aventure en Amérique au XVIIe siècle et fonda la ville de Détroit où sont construits les véhicules glamour. Il existe même une ville nommée Cadillac dans le Michigan, au nombre d'habitants comparable à celui de la ville girondine, mais sans autre ressemblance que le nom de l'ancêtre français. Elle n'est pas connue pour ses fous ni ses jeunes filles récalcitrantes, elle n'a pas de murs d'enceinte ni de château-prison et se situe au croisement de la route 131 et de la nationale 55. Elle entoure un lac immense qui attire les baigneurs l'été, et les patineurs l'hiver. Le temps semble y glisser sans trop d'histoires. Ainsi courent la mémoire et ses embranchements improbables, de la carriole à cheval d'un Juif russe fuyant les pogroms à travers l'Europe à la voiture rose et kitsch d'une chanteuse afro-américaine du Michigan. La reine de la *soul music* roulait dans sa décapotable sur ces voies infinies, fière d'être femme et noire. Ses funérailles, suivies par des milliers de personnes et une centaine de Cadillac fluorescentes, se transformèrent en un concert joyeux et géant. Galvanisé par le rythme de sa chanson, je portai un toast à la vie, « L'Chaim » ! Je montai dans la *Pink Cadillac* d'Aretha et j'emmenai Chaïm sur la route, à travers des paysages dont il n'avait sans doute jamais rêvé.

REMERCIEMENTS

À Ludovic Escande, mon éditeur, à Lydie Vaillant (Archives de Paris), à Michel Bénézech et Martine Bajolle (Cimetière des Oubliés de Cadillac).

Composition : PCA
Achevé d'imprimer
sur Roto-Page
par l'Imprimerie Floch
à Mayenne, en juin 2021
Dépôt légal : juin 2021
Numéro d'imprimeur : 98571

ISBN 978-2-07-294537-3 / Imprimé en France.

394298